近藤史惠

岩窟姬

王蘊潔 譯

黑暗洞窟裡透出的一絲光線

【《哈日劇》粉絲團版主】Kaoru

當我接到這個推薦序的邀約的時候，老實說一開始滿困惑的，因為看到書籍簡介資料寫的故事內容是跟演藝圈有關，但書名卻是叫《岩窟姬》。光看「岩窟姬」這三個字會讓人直覺反應很像日本童話、恐怖故事或是鬼怪傳說之類的，無法把這兩者連結起來。

不過讀完整個故事之後，完全可以理解作者近藤史惠為什麼要用這個名字來當書名。如果要用簡單一句話來介紹這部作品的話，我想，用「演藝圈的基度山恩仇記」來形容它是最恰當不過的了。故事的主角蓮美是當紅偶像，隸屬於同一家經紀公司的另外一位偶像、同時也是蓮美好友的沙霧自殺身亡，浮出檯面的線索全都指向蓮美是殺人兇手。媒體、經紀公司的人、網民……絕大多數的人都認為她就是兇手，她為了爭一口氣，也想知道好友為何自殺，所以隱藏起自己的身分，抽絲剝繭展開追查。過程中當然遇到了很多窒礙難行之處，也靠著幾位關鍵人士的幫忙，讓她順利地接近真相。

常關注演藝圈消息的人讀了這部作品肯定會非常有感！在現在這種雞毛蒜皮事

都可以當作一則新聞的時代，明星藝人們的八卦緋聞更是媒體發揮的絕佳素材，更何況還是鬧出人命的。想當然耳，媒體勢必會到處捕風捉影，把死者周遭可疑的人事物都拿出來一一點名，大書特書一番。可信程度有多少不重要，能夠吸引大眾的目光才是最高指導原則，所以加油添醋、畫蛇添足跟疲勞轟炸是一定要的。

加上現在網路發達，任何東西只要被傳上網路，就要有「永遠不可能會消失」的心理準備，正所謂「好事不出門，壞事傳千里」。哪怕是平凡老百姓在私人不公開的SNS上的一句話，都會被人擷圖上傳展開批判，更不用說公眾人物了。一言一行隨時都攤在陽光下被大眾用放大鏡檢視，一旦出現了能被拿來攻擊的點，猛烈批評的砲火肯定排山倒海而來。發生在名人身上的事件被「備份存檔」的程度更是一般人的N倍，要讓這些東西在網路上消失根本是不可能的，套句常在網路上看到的話：「就算殺了一個我，還有千千萬萬個我」，只要有網路，資料就不會有消失的一天。

要說媒體嗜血，網民們也不惶多讓。在言論自由的保護傘下，大家都有發表自己意見的權利。這原本是好事一樁，但近來發現越來越多人一逮到能夠批判的著力點，不管三七二十一就一窩蜂盲目地加入批判行列，用「見獵心喜」這四個字來形容非常貼切。像抓到人的小辮子一樣興奮，該說是人心太容易被操控嗎？還是現在這種大環境因素造成很多人懶得動腦思考、作判斷，只要看到黑影就開槍呢？一個話題、一個事件的形成，當中真真假假，假假真真不斷交織，到底哪些是真、哪些是假？不是當事人的我們無法妄下定論，對於呈現在自己眼前的各種資訊，不人云亦云、不輕易隨之起舞，「保持存疑」才是最正確的態度。

除此之外，透過這部作品還可以看到很多演藝圈的黑暗面。一般人對演藝圈的印象都是藝人們光鮮亮麗的一面，但實際上背後有很多不為人知的辛酸，我相信大家應該多多少少都有所耳聞，想紅的人多如牛毛，能走紅的卻少之又少。想紅的人只能想方設法不斷推銷自己，不管自願或是被迫，當然也不會缺少勾心鬥角的戲碼；不少走紅的人卻因為紙醉金迷的生活而開始胡亂揮霍，漸漸迷失自己……要走紅不容易，但走紅之後要拒絕各方面的誘惑更不容易，從天堂掉下地獄的人更是大有人在。

這部作品非常忠實地呈現了演藝圈的生態及人與人之間的情感糾葛，原本以為這類題材會滿沉悶的，但實際閱讀之後卻完全沒有這種感覺。故事背景很貼近現實生活所見，加上作者描繪人物時入木三分的細膩功力，很容易就讓人融入故事中，一頁一頁停不下來地不斷往下讀。結局保證會讓大家大吃一驚！看似懸疑推理的題材，其實暗藏著讓人動容的元素，就如同黑暗洞窟裡透出的一絲光線一樣，是作者對人性最溫暖的救贖。

我覺得《岩窟姬》還滿有機會影像化成電影的呢！看的同時，腦海中也會邊浮現畫面，電影的節奏比較快，跟這部的步調比較搭，而且話題性跟故事張力都很夠，希望未來有機會看到影像化的作品！

另外，看完整部作品之後才發現……原來最一開始的引言很重要！如果你已經忘記它寫了些什麼，不妨翻回前面再看一次那幾行文字，你就會恍然大悟作者為什麼要用《岩窟姬》當書名了。

大仲馬《基度山恩仇記》（日譯：巖窟王）

愛德蒙．鄧蒂斯因為莫須有的罪名被關進了監獄，他在越獄後獲得了寶藏，化名為基度山伯爵，決心向陷害自己的人報仇……

目錄

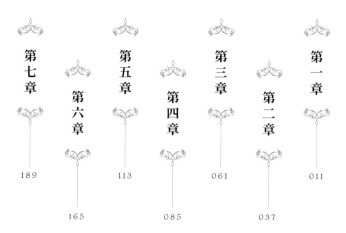

第一章

在四千三百二十五個小時之前，我還是公主。

魔法竟然輕易消失。直到魔法消失的瞬間，我都不知道那是魔法。

從來沒見過的蟲子在地上爬行。

蟲子的外形像瓢蟲，但是是黑色的，而且是漆黑的顏色。不是像黑色瓢蟲那樣富有光澤的黑色，而是表面乾澀、一點都不可愛的黑色。

我拿起面紙，毫不猶豫地把牠捏死，然後丟掉了。

如果是瓢蟲，我應該不會捏死牠，會輕輕放在指尖，打開窗戶，放牠一條生路。瓢蟲很可愛，剛才的蟲子一點都不可愛。

但如果瓢蟲有毒，一旦被發現，就只有死路一條。只有無害的時候，可愛才是能夠發揮正面作用的特徵。

總之，人的好惡可以輕易改變。我已經切身體會到這件事。

我倒在床上，把已經不適合目前季節的冬季被子用腳踢到牆邊。

雖然是白天，拉起厚實遮光窗簾的房間內卻很昏暗。雖然即使拉開窗簾，也沒有多少陽光會照進房間。

這裡的地點很好，但房間很小，光線也很差。當初租房子時，覺得這樣就足夠了。我每天從一大早工作到深夜，回到家只是睡覺而已。這裡的廚房很小，只有一個瓦斯爐，我從來不下廚，所以當時完全不在意。

不，也許現在也差不多。

我整天拉起窗簾，躺在床上，茫然地看著天花板。房間狹小、光線昏暗也無所謂。即使窗簾外陽光燦爛，我也不會拉開窗簾。

這裡走路就可以到澀谷和表參道，只是我現在足不出戶，地點理想這件事也完全沒有任何價值，但只要一通電話，有很多店可以送披薩、中式餐點或是咖哩上門。

即使每天打電話請不同的餐廳外送，也能撐兩個星期。成為這些餐廳每隔兩個星期叫一次外送的客戶還可以，但每天都訂同一家餐廳的外送餐點太丟臉了。

我只在深夜外出。外出時，用口罩和墨鏡遮住臉，去便利商店領錢，再買些生活必需品，就趕快逃回家。

偶爾會發現收銀臺的人在打量我，但可能只是覺得我很奇怪吧。

即使是以前經常上雜誌、拍廣告的時候，別人也很少會認出我。這件事讓我懊惱不已，所以每次外出，都故意打扮得光鮮亮麗。我每天都穿十公分高的高跟鞋，即使腳上長滿了繭也無所謂。

因為這個原因，所以現在沒什麼衣服可穿。每次出門時都穿Marimekko的休閒洋裝，鞋子是去巴黎出外景時買的Repetto白色爵士鞋款。雖然兩樣都是時尚精品，但穿在目前的我身上，簡直就像是去鄉下百貨公司買的便宜貨。

好悶熱。我很想打開冷氣，但遙控器不知道丟去哪裡了，即使這樣，我也不願意打開窗戶。

我不想吹到戶外的風。因為一旦打開窗戶，不知道什麼可怕的東西會鑽進來。

蓮美——這是我的名字，發音是「REMI」。

沒有姓氏，只有名字而已。雖然和我的本名完全無關，但我以這個名字闖蕩演藝圈。

第一次去經紀公司時，初次見面的經紀公司老闆一看到我，就在紙上寫了這個名字。距離我緊張得喘不過氣，敲響經紀公司的門還不到十五分鐘。

我用鈴木昭子這個名字活了十六年，在短短的十五分鐘後，就變成了蓮美。我很討厭自己的本名，所以很高興老闆為我取了一個好聽的名字。

當初是祖母為我取的名字，就連母親也很討厭我的名字，好幾次都說：「為什麼不取一個可愛一點的名字？」

這也難怪。父母因為父親外遇而離了婚，但父親家裡的人和親戚都責怪是母親的錯，所以最後母親並沒有拿到太多贍養費。母親對祖母的印象糟透了。

母親對蓮美這個藝名，和我開始做模特兒的工作都很滿意。
「其實我當初想為妳取『桃香』這個名字。」
母親笑著對我說。她雖然已經年過五十，但還像少女一樣。
只是桃香這個名字對我來說太可愛了。
我身高一百六十八公分，長相也不甜美。
所以，經紀公司老闆和經紀人星野小姐原本打算讓我當模特兒。
他們讓我接時尚雜誌和廣告工作，一開始就很順利。
但在我踏入這一行的第二年，情況突然發生了變化。那次原本是玩票性質地接了周刊雜誌的泳裝彩頁。
在周刊雜誌上市的同時，經紀公司接工作的電話接到手軟。雖然都是邀我拍泳裝，但其中不乏專拍一流偶像的知名雜誌，我和經紀人都驚訝不已。
之前乏人問津的部落格人氣也一下子衝了上來。
之後的日子，簡直就像是被濁流沖走一樣。
從清晨到深夜，分秒必爭地塞滿了工作。採訪、電視綜藝節目、廣告、雜誌彩頁，甚至還演了電影。
老實說，即使想要回想當時的情況，記憶也好像蒙上了一層霧靄般模糊不清。
工作好像完全無關我的意志般進行著。我只要露出微笑、換上泳裝、說幾句傻里傻氣的話就好。

我就像在玩射擊遊戲般逐一擊落出現在眼前的工作，然後走向下一個舞臺，甚至沒有喘息的機會。

即使如此，我並沒有感到不愉快。不，現在回想起來，我當時非但沒有不愉快，甚至有點得意忘形。

造型師帶給我的衣服都是一流名牌，他還說，只要說是蓮美要穿，每個品牌的廠商都欣然出借，而且還有幾家廠商送給我樣品和禮物，希望我平時可以穿。

知名攝影師也願意為了配合我的行程，調整自己的工作安排。

出國出外景、在一流飯店攝影、搭黑頭車做為交通工具，即使深夜回到只有安全性和地點理想是賣點的狹小房間，也絲毫不感到痛苦。

蓮美受到眾人的喜愛，大家都需要蓮美。每天的生活都光鮮亮麗。

我當然知道這種生活不可能永遠持續，我也會像很多偶像和藝人一樣，有朝一日被人遺忘、被人拋棄。

但是，這種事不會在明天發生。我接下來的三個月都排滿了工作行程，這種不安可以延後。

一年前，母親因為心肌梗塞去世了。

在我工作忙得不可開交時突然發生了這件事，我至今仍然有點無法相信。

經紀人和經紀公司的工作人員為我張羅了守靈夜和告別式。母親的親戚不多，我沒有通知父親和父親方面的親戚，所以葬禮很簡單。

但狗仔、周刊雜誌的記者和電視臺的攝影師都在殯儀館附近埋伏，試圖拍我穿喪服的樣子。

說句心裡話，這件事也沒有讓我感到不舒服。記者並沒有闖進殯儀館，而且送來的鮮花多到讓殯儀館的工作人員手忙腳亂。母親向來喜歡熱鬧，所以被這麼多鮮花包圍很幸福。

也許當時我已經有點麻木了。

對講機的門鈴響了，披薩送到了。

我從床上坐了起來，拿起皮夾。一打開門，手拿銀色保溫袋的外送員站在門口。

剛開始時，我甚至害怕看到外送員。即使我用口罩和墨鏡遮住了臉，仍然覺得他們在偷笑，猜想他們離開之後，一定會告訴同事或朋友。

——我看到了蓮美。我記下了她的電話，要去網路上公布。

然後，網路上就會公布我的電話，我的電話就會整天響不停。

不知道是否沒有人心地壞到這種程度，還是因為我沒有化妝，頭髮綁在腦後時，根本沒有人認出我。

我漸漸不再在意外送員。

與其外出會遇到不特定多數的人，不如將自己交給外送員的良心比較安全。畢竟如果不吃不喝，我就無法活下去。

付了錢，接過披薩和可樂。我每次訂披薩都點大披薩，因為可以連續吃兩天。叫中式餐點的外送時，除了拉麵以外，還會點兩份炒飯冷凍。如此一來，就可以盡可能減少與人接觸的機會。

我接過收據時，發現外送員的眼中露出了嘲笑，忍不住倒吸了一口氣。他可能發現了。

我在關門時心想，以後不再訂這家的披薩了，反正還有很多其他餐廳。

推開堆在桌子上的零食和廣告單，騰出了空間，把披薩放在桌上。我已經快餓昏了，狼吞虎嚥地把披薩塞進嘴裡，完全沒有嚐味道。

第一次吃外送披薩時並不覺得好吃，但現在已經習慣了。即使是最受矚目、最走紅的時候，我也對美食沒有太大的興趣。在電視臺錄影或進攝影棚拍照時，都吃外送的便當。電視臺的高層和經紀公司的老闆偶爾會帶我去吃美食，但這種時候我只想趕快回家睡覺。

而且，我只要稍微不節制，就很容易發胖，所以一直都很小心，不敢吃太多。每次去高級餐廳，也都必須挑選健康的菜色，也不能吃甜點，所以和外送的便當沒什麼差別。

現在也一樣，只要能填飽肚子就好，反正我也根本不想吃什麼美食。

我對精心烹飪的料理或是味道很有層次的食物毫不動心，零食和披薩更能夠讓我感到滿足。

我不看電視，也不上網。之前還會接到電話、收到電子郵件，但我假裝沒看到，都不接電話，也不看電子郵件，所以現在慢慢變少了。

外界的消息都是刀子。

就像小時候在卡通中看過的，會割破皮膚的空氣旋風。

我什麼都不想知道，什麼都不願意思考。每天吃了就睡，醒來之後看著天花板發呆，肚子餓了就再吃。

我清楚地記得世界驟變，對我張牙舞爪的那一天。

半年前的那天上午十一點，我在美甲沙龍做指甲。美甲師為我在葡萄柚粉色的指甲上貼施華洛世奇的水晶時，手機響了。

我小心翼翼地拿起手機，以免弄壞剛做好的指甲。另一位美甲師已經為我做好腳趾甲，正在用小電扇把指甲油吹乾。

電話是經紀人星野小姐打來的。她的聲音微微發抖。

「對不起，我今天不能去接妳了，妳可以自己攔計程車去W飯店嗎？」

今天中午之後，要接受一家女性雜誌的採訪。

「雜誌方面會安排造型師和髮型師，所以妳什麼都不用帶，只要人到就好。」

「是喔？」

我故意不滿地回答。

和其他藝人和偶像相比，我並不認為自己特別難搞。我對安排得密密麻麻的行程毫無怨言，也從來不會命令經紀人為我去買特殊的甜點。

星野小姐目前是我的專屬經紀人，如果是之前，她要同時帶經紀公司的其他藝人，我當然無話可說，但現在沒有理由讓我自己去跑行程。更何況沒有經紀人的陪同，自己一個人去工作地點很沒面子。

星野小姐緩緩地對我說：

「蓮美，妳聽我說，但不要激動。」

「什麼事？」

「沙霧自殺了。」

逸見沙霧比我晚進公司，是目前經紀公司內最賺錢的藝人。

沙霧是和我完全相反類型的女生。

她身材嬌小，瘦得好像可以折斷。一雙眼睛很靈活，兩片豐唇很性感。第一次見到她時，發現她實在太可愛了，忍不住有點嫉妒。

我雖然也是靠美貌和姿色闖蕩演藝圈，但老是在意自己的缺點。

我身材高䠷，但也代表不可愛。穿一些衣服時，豐滿的胸部會顯胖。只要帶著批評的眼光，所有的身體特徵都會變成自卑的來源。

我猜想男人無法瞭解這種焦慮，這就像是競爭。

這是一場幾乎所有人都會落敗的生存競爭，即使把別人踢開，自己也未必能夠生存下來。漂亮、強悍的人有可能被壓垮，看似弱不禁風、我行我素的人則可能生存下來。

沙霧是經紀公司力捧的藝人，她也的確走紅了。她和我走不同的路線，在演戲方面有了一番成果，令我羨慕不已。

我這麼說，或許會讓人以為我對她只有嫉妒。其實沙霧是我在這個行業內最好的朋友。

我的手在發抖，不知不覺中笑了起來。

「騙人。別亂開玩笑……」

「我怎麼可能開這種玩笑？」

「不可能……」

「媒體還沒這麼快知道，妳等一下接受採訪時要保持平靜，先不要告訴任何人這件事。」

我怎麼可能保持平靜？雖然還沒有落淚，但身體好像在發寒般不停顫抖。

「對不起，現在經紀公司內亂成一團，我走不開。」

「沙霧呢……」

我希望她平安。我抱著最後一線希望問道。

「她從公寓的屋頂跳下來……妳應該能夠猜到結果。」

我屏住呼吸。沙霧不可能平安無事。

「對不起，現在最好不要告訴妳這些事，但新聞很快就會出來。我相信妳從其他管道得知，也會同樣受到打擊……」

星野小姐的聲音有點冷漠，讓我產生了隔閡。

她似乎在告訴我，對她來說，沙霧自殺也是她工作上的麻煩事。

之後的事情，我記不太清楚了。

我心不在焉地離開了美甲沙龍，攔了計程車前往約定採訪的飯店。

我盡可能和平時一樣接受採訪，也拍完了照，但應該說了很多莫名其妙的話。

因為採訪的撰稿人露出難以形容的表情微笑著。

後來那篇採訪沒有刊登，所以也不知道實情如何。

採訪結束後，我確認了手機，新聞還沒有播報沙霧自殺的消息。

原本採訪結束後，要回經紀公司討論即將推出ＤＶＤ的事，但如果星野小姐所說的話屬實，目前應該沒空討論這種事。

我打電話給星野小姐。

「採訪結束了，接下來該怎麼辦？我要回經紀公司嗎？」

「今天不行。」

她的回答如我所料。

「妳還在飯店嗎？」

「對，還在飯店的房間……」

那天在飯店的蜜月套房採訪和攝影，攝影師和助理正在收拾反光板和攝影器材。

「那妳直接去櫃檯訂一個房間，先訂三個晚上。妳先暫時不要回家比較好，到時候媒體也會湧去妳家裡。」

我一直希望搞錯了，但星野小姐的聲音仍然很緊張。

我握緊手機，點了點頭。

「我會再聯絡妳，妳暫時不要和任何人聯絡，連朋友也不要。」

「我知道了。」

我掛上了電話，向還沒有離開的撰稿人和編輯打了招呼後，走出了蜜月套房。

我按照星野小姐的指示，去櫃檯訂了三天晚上的房間。

大型的高級飯店很少會客滿，即使事先沒有預約，他們也會隨時安排房間，這可能也屬於飯店服務的一部分。

我走進房間，關上門的瞬間，立刻感到渾身虛脫。

脫下高跟鞋，蹲在地上。我想先靜一靜，完全不想動。

淚水還無法流出來，我至今仍然無法相信。

在地上蹲了片刻之後，我搖搖晃晃地站了起來，坐在床上，拿起遙控器打開電視。

打開的電視上出現了沙霧的臉部特寫。

畫面上同時出現了「逸見沙霧跳樓自殺」這行字。

於是我知道，這件事沒有搞錯，星野小姐也沒有騙我。

手機一直響個不停。

經常邀我上節目的電視臺節目製作人、廣告公司的員工都打電話給我，但我不知道可不可以接電話。因為星野小姐叫我不要和任何人聯絡。

但如果手機一直響不停，電池很快就會用完。今天的事發生得太突然，我沒帶充電器在身上。

但如果關機，星野小姐和經紀公司的人就無法聯絡我。

我看著響不停的手機不知所措，終於接到了星野小姐的電話。

「妳剛才在打電話嗎？我打了好幾次都打不通。」

「我沒打電話，但電話一直響不停……」

「我剛才也說了，妳不要和任何人聯絡。各家媒體都已經知道沙霧的事了。」

「我剛才看到電視也播了。」

因為看不下去，所以我把電視關掉了。原本以為可以看到什麼新消息，但談話性節目一直在播沙霧上節目的影片。

「妳把房間號碼告訴我，雖然現在還離不開，但我今天會去找妳。」

「啊，妳可不可以帶充電器給我？電快用完了……」

「好，但我之後會用飯店的電話和妳聯絡，妳關機也沒問題。」

我關機後，躺在床上。

昨天也是深夜兩點多才回家，雖然身體疲累，但完全睡不著。平時回家一倒在床上，就會立刻呼呼大睡。

我在拉上窗簾的昏暗房間內閉著眼睛。關機的手機內，有好幾十張和沙霧一起拍的照片。我們經常一起工作，平時也經常一起玩。

沙霧還未成年，所以照理說還不能喝酒，但我和她曾經好幾次在我家喝酒。沙霧只要喝兩小罐沙瓦就會倒頭呼呼大睡。

喝了酒之後，她白淨細嫩的皮膚變得通紅，感覺特別性感，就連睡在她旁邊的我也忍不住耳熱心跳，遲遲無法入睡。

我們曾經買了相同的耳環，也買了不同色的髮夾。我一直以為我們是好朋友。

但是，我完全無法理解。難道她有什麼煩惱，或是遇到了什麼事，讓她必須終結自己的生命嗎？

我甚至不知道她在痛苦，所以完全無法幫她。想到這裡，終於流下了淚水。

沙霧也是單親家庭，不知道她的母親會多難過。

我母親去世時，沙霧忙完工作後，趕來參加守靈夜。雖然她從來沒有見過我母親，卻握著我的手，眼淚流不停。

她心地很善良，到底是什麼事把她逼上絕路？無論怎麼想，都想不到答案。

我輾轉難眠，一直躺在床上，覺得自己好像躺在棺材裡。

晚上九點多，星野小姐來了。

她已經四十多歲，卻有一張娃娃臉，看起來好像大學生。瘦瘦的，但總是活力充沛。

「真是累死了……」

星野小姐把一個大背包放在沙發上說道。我第一次看到她這麼憔悴。

「沙霧……為什麼要自殺？」

「不知道，聽說並沒有留下遺書。」

「所以現在還不知道是不是自殺？」

星野小姐說，沙霧從公寓樓頂跳下來，會不會是被人推下樓？

「屋頂的圍籬很高，如果不是自己爬上去，根本不可能從樓頂跳下來，她的鞋子和手機也在屋頂。如果佐原早一步去她家接她……」

佐原先生是沙霧的經紀人，三十多歲，雖然看起來不拘小節，但其實很細心。

「蓮美，妳吃飯了沒？」

「沒有，我沒食慾……」

「妳最好還是吃一點。我們來叫客房服務，我也還沒吃。」

她拿起電話，點了三明治和沙拉，把冰箱裡的礦泉水倒在杯子裡。

「接下來會很忙，明天的新商品發表會已經取消了，所以只需要傍晚之後去電視臺錄影。」

一家珠寶廠商邀我去參加新商品發表會，在目前的情況下，的確沒有心情參加這種活動。

「對於沙霧自殺的事，妳就堅稱『什麼都不知道』，因為大家都知道她和妳關係很好，可能會一直追問妳，但妳不必回答。」

「不管我想不想回答，我真的什麼都不知道。」

「妳的部落格上有和沙霧一起玩的內容和照片……不要隨便刪除比較好，以免引起不必要的揣測。」

沙霧的部落格似乎因為瞬間流量暴增導致網站當機了，我剛才想去她的部落格看看，但進不去。

客房服務送來後，星野小姐建議我也一起吃。

我們面對面坐在桌子前吃了起來，夾在三明治內的烤牛肉感覺像生肉，我沒什麼食慾，但還是硬塞進嘴裡。

星野小姐默默地吃了一會兒，突然抬起頭。

「蓮美，我問妳。」

「好。」

看到她嚴肅的表情，我把乾乾的麵包吞了下去。

「妳真的什麼都不知道嗎？」

「我不知道啊。」

我沒有說謊。真希望我知道實情，只是隱瞞不說。

我有點不知所措，為自己完全不瞭解自認為是朋友的女生，不瞭解她內心的痛苦感到不知所措。如果知道，我或許可以救沙霧一命。

「是喔。真不知道為什麼會發生這種事。」

沙霧那麼可愛，那麼受歡迎。我很羨慕她，如果可以，我也很想當沙霧。

當我回過神時，發現視野模糊起來。星野小姐也哭了。

我握著腿上的餐巾，一直哭個不停。

沙霧的死太震撼了。

我不願意相信，以為世界上沒有比這件事更慘的事了。但是，事後回想起來，發現當時的悲傷根本微不足道。

當時只要傷心落淚就好，只要問死去的沙霧：「為什麼會這樣？」就好。

隔天，莫名的巨大怪物吞噬了我。

隔天清晨。

聽到一陣激烈的敲門聲，我從床上跳了起來。

我戰戰兢兢地透過門上的貓眼向走廊上張望，看到星野小姐站在門口。看到沒有媒體記者，我鬆了一口氣，打開了門。
星野小姐張腿站在走廊上問：
「這是怎麼回事？」
「啊？」
「妳昨天不是說不知道嗎？妳以為瞞得過去嗎？」
我聽不懂她在說什麼。
「妳在說什麼……？」
「如果妳早點跟我說，我還可以採取對策……」
她咂著嘴，走進房間。
「電視臺的錄影也取消了，目前已經取消了妳所有的工作。即使我們不主動取消，對方也會來取消。」
「妳在說什麼？」
「沙霧在社群網站上寫的日記被人發現了，上面寫了很多妳的事。」
「我的事……？」
「沒錯，她把妳對她做的一切全都寫下來了。」
到底發生了什麼事？我覺得眼前的一切都沒有真實感。
「上面到底寫了什麼……？」
「妳可以自己看啊。」

星野小姐操作著自己的智慧型手機，螢幕上顯示了內容。

我低頭一看，是網路上的布告欄。我吞著口水，看了起來。

有人在社群網站上發現了名叫沙希的女生寫的日記，上面的照片和沙霧部落格上的照片看起來很像，於是開始比對，證明沙希和沙霧是同一人。

從不同角度拍的同一家店、相同的絨毛娃娃、相同的餐具、相同的指甲。上面列舉出好幾個物證。

然後開始討論日記中出現的REMI這個人。

日記中似乎頻繁提到REMI這個人。

——我不知道REMI到底想把我怎麼樣？如果她討厭我，不理我就好了啊。

——如果我死了，REMI就滿意了嗎？

——REMI好可怕，我無法反抗她。

我的嘴唇發抖。那不是我。上面寫的那個人不是我。

我曾經霸凌她嗎？我曾經折磨她嗎？

我在記憶中翻找曾經對她說過的話，不記得曾經說過任何傷害她的話。因為我以為我們是好朋友，所以經常會相互開玩笑和鬧著玩，但我不是那種開玩笑會開過頭的人。

網站上繼續比對。

沙希在日記中也上傳了在REMI家中拍的照片。桌上的餐具和罐裝沙瓦。有人把這張照片和我部落格的照片比對。

不需要比對也知道，那的確是在我家拍的照片。

REMI就是蓮美，絕對不會錯。有人在網站上說。

我想反駁，但那個人聽不到我的聲音。

——REMI硬逼我喝酒，還拍了照片，笑著對我說：「未成年喝酒，演藝事業可能要暫停喔。」她自己也喝了啊。但是，我不敢說，因為我不知道她會對我做什麼。

我忍不住叫了起來：

「我沒說這種話！」

那天，沙霧說想要喝酒。雖然我沒阻止她，和她一起喝酒都是事實，但我絕對沒有逼她喝酒。

「我不可能做這種事，全都是胡說八道。」

「妳可以證明嗎？」

「證明……？」

我張大了嘴巴。

到底要怎麼證明？怎麼證明這些日記都是胡說八道？

我們的確喝了酒，照片也是在我家拍的。

但是，我無法證明自己沒有逼她喝酒。

真相和謊言就像千層派一樣疊在一起，難以區分。

「但是……我逼沙霧喝酒，到底有什麼樂趣？」

沙霧比我更紅，經紀公司都很呵護她。

如果她不想和我當朋友，不想理我，只要告訴經紀公司的人就好了。

「妳問我，我也不知道，但看日記的內容，妳似乎對控制沙霧樂在其中。」

「我不會做這種事！」

淚水流了出來，是和昨天流下的傷心眼淚不同種類的淚水。

雖然亂寫一通的日記讓我生氣，但星野小姐不相信我，更讓我感到很不甘心。

「我已經刪除了妳的部落格，妳應該也不想被人繼續比對調查吧？」

星野小姐從剛才就沒有叫我的名字，直接說「妳」。以前她總是「蓮美」、「蓮美」叫不停。

當我發現這件事後，再也說不出話。

她和經紀公司都放棄我了。

我就像溺水的人在掙扎，絞盡腦汁，試圖反駁。

「有什麼證據可以證明那是沙霧的日記？可能有人自行創作了這些內容！」

如今科技這麼發達，也許可以用加工的方式拍出相似的照片。

星野小姐輕輕嘆了一口氣。

「沙霧的本名叫沙希，只有她的家人和朋友知道她的本名。」

「既然這樣，可能是她的家人或朋友……」

「她的手機上留下了登入的紀錄。」

我整個人都僵住了。

「日記已經刪除了，因為密碼是沙霧的生日，所以很簡單，只不過日記的內容已經流傳到網路上，應該有很多人備了份，妳應該早點告訴我。」

她根本不聽我說話。我一再說自己沒做這些事，但她完全不相信我。

是因為沙霧死了，我還活著的關係嗎？

如果我也死了，就會有人願意相信我說的話嗎？

我從飯店回到家後，把門鎖了起來。

原本以為會有媒體守在家門口，不知道是否選對了時機，我回家時沒有遇到任何記者。

我拔掉了電話，手機也設成靜音模式。躺在床上，蓋上被子，閉上了眼睛。

我睡了一會兒，晚上才醒來。

手機上有無數通來電和電子郵件，都是談話性節目和周刊雜誌想要採訪我，有些人我根本沒有告訴他們電子郵件信箱和電話號碼，不知道是誰告訴他們的。

沒有人擔心我，大家都在看好戲。

我想要笑。之前還以為自己是公主呢。

我以為自己光鮮亮麗，大家都很喜歡我。雖然我知道自己的地位不穩固，但仍然相信不會輕易崩坍。

一切都是幻想。

即使如此，事情剛發生時，我仍然抱著一線希望，希望有人發現這一切都是謊言，希望有人願意相信我。

但是，即使看娛樂新聞，也都說沙霧是因為我走上絕路，甚至不斷羅織我的罪狀。當我看到有人說除了霸凌和逼迫沙霧喝酒以外，還強迫她吸毒和賣春時，我懷疑自己看錯了。

據說是日記上寫了類似的內容，我根本不太清楚毒品是什麼東西，我自己沒有吸過毒，更不知道去哪裡買毒品，要怎麼強迫她？

太荒唐了，簡直令人發笑。

但我證實了一件事，那就是沒有人袒護我，也沒有人相信我。

即使面對鏡頭訴說自己是無辜的，這場仗也對我壓倒性地不利。因為沙霧已經死了。

如果我說：「上面寫的內容全都是胡說八道。」一定會有人問我：

「那沙霧為什麼要自殺？」

我無法回答這個問題。

我失去了一切。

我失去了朋友，失去了愛我的人，也失去了閃亮的舞臺。

如今每天都窩在斗室，大口啃披薩、睡覺。我記得小時候曾經看過類似的故事。

那是兒童版的小說，淡藍色封面，總共有好幾集。

主人翁和心愛的未婚妻準備結婚的日子，在人生顛峰的時候，被朋友陷害，以莫須有的罪名關進了監獄。那套書的書名叫什麼？

主人翁被關了二十年，靠著不屈不撓的精神重新站起來，向陷害自己的人復仇。

——《基度山恩仇記》！

在我想起書名的同時，我從床上坐了起來。

我走去盥洗室，看著鏡子。

鏡子中的我和記憶中的我判若兩人。

我竟然變得這麼胖，整個人都圓了，頭髮也又蓬又亂。任何人看到我，應該都認不出我是蓮美。

如果有人想要陷害我，我會發自內心憎恨那個人，但我更想知道到底發生了什麼事。

沙霧為什麼會死？那份日記真的是沙霧寫的嗎？如果是她寫的，為什麼謊話連篇？

如果不是沙霧寫的，那又是誰寫的呢？

我應該再也無法回到過去了。蓮美已經被無情地殺害了。
但是，至少可以為蓮美恢復名譽。
我打開水龍頭，水沖了出來。我一次又一次洗臉，照著鏡子。
鏡子中的圓臉露出了笑容。

第二章

衣櫃裡的衣服幾乎都穿不下。

這也難怪。半年前的我，可以輕鬆穿進七號衣服。因為我很高，所以通常都穿九號，但從來不曾有過穿不下造型師帶來的衣服的經驗。

洋裝的拉鍊拉不上去，裙子腰部的釦子扣不起來，窄管牛仔褲連大腿都塞不進去。

只有幾件寬鬆的洋裝和長版上衣可以塞進去。

衣服的事我之前就隱約預料到了。即使不照鏡子，也可以發現自己的身體不斷變胖，只是我之前覺得根本無所謂。

驚訝的是，竟然連很多鞋子都穿不下了。

球鞋沒有問題，但窄版的高跟鞋全都不行。我第一次知道，原來發胖時，連腳上也會長肉。

我並沒有沮喪。這些脂肪將成為我的盔甲。

我一直害怕別人的眼光，所以足不出戶，只有深夜才敢出門，連見到送披薩的外送員都感到害怕。現在我不再害怕，任何人看到我，都不會知道我是蓮美。

我把穿不下的衣服都塞進衣櫃深處，用力喘了一口氣。

因為整天都在發呆，所以稍微動一下，就感到很疲倦。身體很沉重。原來人變胖時，身體會這麼沉重。

我戰戰兢兢地站上放在盥洗室的體重計，當發現數字超過六十時，嚇得慌忙跳了下來。以前最胖的時候也不會超過五十二、三公斤，我的最佳體重是四十五公斤，但以前還希望更瘦一點。

不過，我暫時不考慮體重的問題，現在胖一點對我比較有利。

還有更累人的工作。

我拿起充完電的手機。我只有剛開始的兩個星期會不時檢查手機，但之後連手機也懶得打開。未讀郵件超過一千封，未接來電也超過三百通。

我逐一檢查之前懶得看的未接來電，有很多陌生的號碼，但星野小姐都定期打電話給我。陌生的號碼漸漸減少，只剩星野小姐的來電。來電的頻率並不固定，有時候一天打三次，有時候兩個星期也不見任何一通電話。她應該是利用工作的空檔打給我。

她現在應該當了其他藝人的經紀人，沒什麼時間理會我。

偶像明星要受歡迎才有價值。即使有點任性也無妨，但如果被認為是霸凌朋友、把朋友逼上絕路的女人，就毫無價值了。

接著，我又檢查了電子郵件。其中也有好幾封老家的朋友傳來的郵件，雖然內容看起來像是關心我，但我覺得似乎可以感受到對方的好奇心和優越感。沒有任何一封郵件讓我想要回覆。

當我刪除所有不知道從哪裡打聽到我的電子郵件信箱、來邀約採訪的郵件之後，只剩下星野小姐的郵件。

我膽戰心驚地看了內容。

「妳打算一輩子都躲在家裡嗎？我們來談談今後的事，這是為了妳好。」

看到內容，我的心就涼了，頓時不想再看其他的郵件。

她是少數知道我住在哪裡的人，所以也知道我躲在家裡。只要問管理員，就知道我並沒有搬家。

也許她曾經來過好幾次，但我除了叫外賣的時間以外，任何人來按門鈴，我都不回應。

我並不是絕對不想見到她。當初是經紀公司的老闆和她創造了蓮美，從我出道那一天開始，她就是我的經紀人，一直在身旁激勵我。

正因為如此，她完全不相信我說的話，才會讓我這麼痛苦。

她寫來的郵件中充滿怒氣，她應該仍然相信我霸凌了沙霧。

最終還是必須見她一面。

我不願意去想那些取消的工作，我曾經和一家公司簽了擔任形象大使的長期合約，一旦發生了有損形象的事件——有關戀愛的醜聞或是犯罪行為時，就必須支付違約金。

所以，即使之前遇到英俊的男模問我郵件信箱，我也都不告訴別人。工作結束後，幾乎都直接回家，平時也只和女生玩。

這次的事，也算是需要支付違約金的醜聞嗎？我的形象已經跌到了谷底，但問題是我什麼都沒做。

當時，我很希望星野小姐能夠聽我說，一起思考為什麼會發生這種事。

想到這裡，我猛然想到一件事。

沒有人能夠保證星野小姐和沙霧的死無關，搞不好是她偽造了那些日記。即使不是她，也可能是經紀公司的人。

雖然她或是經紀公司這麼做並沒有任何好處。

沙霧是經紀公司內最賺錢的藝人，我僅次於她。除了我們，經紀公司旗下還有二十多名女藝人，但並不是一家大公司。

沙霧死了，我的工作也停擺，經紀公司的收入應該銳減。

但是，即使如此，也許仍然有沙霧非死不可的理由，所以不能輕易相信他們。

我的腦海中浮現了工作上遇到的各式各樣的人。

然後得出了一個結論。

不能相信任何人。

我翻開筆記本，握著原子筆。

好久沒有寫字了。以前每天都要寫好幾張簽名板，現在也好久沒寫了。

我的腦袋內一片混亂，如果不寫下來，就無法整理思緒。

沙霧。寫下這個名字，就想起她的事，忍不住想要哭，但我克制住了，繼續寫下去。

如果沙霧真的自殺，日記是她寫的嗎？

如果日記上寫的都是謊話，為什麼要這麼寫？有什麼目的？

如果不是她寫的，到底是誰寫了那些日記？

如果沙霧不是自殺，那些日記就不是沙霧所寫的。有人殺了沙霧，為了捏造自殺的原因，所以在網路上留下了假的日記。

果真如此的話，寫日記的理由就很明確。那就是為了讓別人誤以為沙霧是自殺，為了捏造現實中並不存在的霸凌事件。

寫到這裡，我忍不住思考。

分析之後，我發現如果沙霧不是自殺，而是被人殺害，不合理的地方最少。果真如此的話，捏造假日記的理由也就很清楚。

當紅偶像自殺身亡。如果是在密室內自殺，或許有困難，但難道不可能是偽裝成跳樓自殺的謀殺嗎？

我在「如果沙霧不是自殺的情況」下方打了一個大大的問號。

最簡單的情況，就是沙霧自殺，並寫了假日記。如果是這樣，就只有她一個人說謊，她欺騙了周圍所有的大人，日記上用了她手機所拍的照片也合情合理。

如果是這樣，就留下了一個極大的疑問：「她為什麼要這麼做？」

如果沙霧真的很討厭我，想要陷害我，但自己死了，一切就失去了意義。

至少我不認為她恨我恨到不惜犧牲自己，也想要讓我不幸的程度。即使翻遍以往的記憶，也找不出任何會讓沙霧如此痛恨我的事。

她比我更紅，被人捧在手心。她對我不可能有嫉妒心，也沒有男女感情方面的問題。

沙霧是自殺，但是別人捏造了日記的假設最自然。捏造日記的動機當然就是為了捏造沙霧自殺的原因。

也就是說，沙霧是因為其他原因自殺，為了隱瞞這個原因而捏造了日記。

果真如此，很可能和經紀公司的人有關。

我用原子筆抵著鼻子思考著。

我必須調查沙霧生前周圍的情況，也許可以從中瞭解有人捏造日記的原因。

想到這裡，放在旁邊的手機突然響起了來電鈴聲。

我嚇得幾乎跳了起來，因為我一直設定震動模式，所以很久沒有聽到來電鈴聲了。

即使不看螢幕，我也知道是星野小姐打來的。

我不想接電話。不想和她說話。但是，我也同時想到，不如趁早解決麻煩事。如果可以永遠避不見面也就罷了，既然早晚必須見一面，逃避也沒有用。我可能再也無法回到從前。蓮美被無情地殺害了。星野小姐應該也不至於逼著蓮美去出洋相。

我屏住呼吸，接起了電話。

我沒有吭氣，但可以感受到她在電話另一端的驚訝。

「蓮美……嗎？」

「是。」

「妳還好嗎？」

有那麼一下子，我以為回到了從前。她的聲音總是關心我，帶給我勇氣。

——妳累了嗎？快結束了，再加把勁。

「妳還好嗎？有沒有正常吃飯？身體還好嗎？」

她接二連三地問道。我原本以為接起電話，就會被她臭罵一頓。我讓呼吸平靜下來。

「我……沒事。」

聽到我的回答，她用力吐了一口氣。

「太好了。」

太好了嗎？我忍不住自問。根本沒有任何好事。完全沒有。

「妳還住在之前的公寓吧？我工作結束後去找妳，妳要幫我開門，不要不理我。」

「見面要說什麼？」

聽到我的問題，她無言以對。

「說什麼……像是之後的事啊……」

「我不是被開除了嗎？」

「目前並沒有定案，今天晚上我們好好談一談。」

「好吧。」

「那我十一點去妳家。」星野小姐說完，掛上了電話。

她真辛苦。我忍不住這麼想，但這句話既不是挖苦，也不是諷刺。為了我這個小女生，她必須工作到深夜十一點之後。無論我們會談什麼，都不可能只談五分鐘或十分鐘，她恐怕要到十二點之後才能回家。

但是，這就是她的工作。

我曾經接過一次在電視上表演高空彈跳的工作。

接下這個工作時，我以為很簡單，但實際站在高塔上往下看，頓時覺得自己快暈過去了。從這麼高的地方跳下去，即使綁再多條救生繩也照死不誤。

只不過既然已經來到現場，就不能說放棄就放棄。雖然觀眾看到藝人嚇得蹲在那裡，或是真的哭出來很有趣，但我沒有放棄的選項。

我哭喪著臉，向前踏出一步。

屏住呼吸，閉上眼睛，縱身一跳。

我絕對會死。我會感受著粗暴的重力死去，在短短一、兩秒之間，死了五十次、一百次。

可能是我腦袋完全放空了，所以不記得自己怎麼回到地面。足不出戶之後，好幾次都回想起當時的感覺。今天又再度想起。現在覺得高空彈跳根本不足掛齒。

我現在甚至不知道自己身上是否綁了救生繩。

晚上十點半後，對講機的門鈴響了。

當我打開門，星野小姐瞪大了眼睛，眼神飄忽起來。

「呃……這裡是……」

就連之前每天見面的星野小姐也認不出我了。雖然有點受到打擊，但也很痛快。

我默不作聲地站在那裡，她臉上的表情變了。

「蓮美……嗎？」

「對，我在等妳。」

我把門打開，讓她進屋。她脫鞋子時的動作非常緩慢。

她曾經來過我家好幾次，但戰戰兢兢的樣子好像是第一次來這裡。

她抱著皮包坐在地上，我問她：

「要喝紅茶或咖啡嗎？」

「不用了，妳來這裡坐下。」

我放下原本打算燒水的快煮壺，在床上坐了下來。

「妳怎麼會變得這麼胖？」

這根本是個蠢問題。當然是因為整天足不出戶，不停地吃才會發胖。

「不知道，可能壓力太大了。」

在見面之前，我害怕得要命，但不知道為什麼，現在覺得自己處於優勢地位。可能是因為星野小姐看起來有點不知所措。

星野小姐輕輕咳了一下後說了起來。

「已經過去的事就別再提了，我們來考慮以後的事。」

「以後的事？」

我在發問的同時想道。

什麼都沒有結束，沒有任何一件事結束。

「妳打算退出演藝圈了嗎？沒這回事吧？如果有機會，妳應該想要復出吧？」

星野小姐說完，小聲地補充說：

「目前的狀態當然不太可能……」

我完全沒有考慮過復出的事。

在星野小姐上門之前，我一直在網路上搜尋蓮美的報導，都是半年前或是五個月前的報導，完全沒有新的內容。

報導上提到，從沙霧的自殺和看起來像是沙霧留下的日記研判，應該是遭到同一個經紀公司的蓮美霸凌而走上了絕路。

媒體都認為蓮美失蹤了。看到「失蹤」兩個字，我忍不住笑了起來。我非但沒有失蹤，而且整天足不出戶。

相關報導比我想像中更少。

我原本以為自己的過去和隱私都會被扯出來，出盡洋相。

我開了口。

「我還以為會有很多負面報導。」

雖然我很唐突地改變了話題，但星野小姐似乎立刻理解了我想要表達的意思。

「嗯，是啊。」

這時，她把腿上的皮包和上衣放到一旁。

「因為沙霧的一個粉絲也跟著自殺了，所以媒體不再碰沙霧的事。如果寫得太聳動，導致更多人自殺，到時候也會追究媒體的責任。」

我終於瞭解了，但未必是好事。

「也就是說，即使我召開記者會，說我根本沒有霸凌沙霧，媒體也不會報導嗎？」

「事到如今，別再做這種事。」

星野小姐斬釘截鐵地說。

「經紀公司已經正式發表聲明：『那份日記不是沙霧寫的』，所以妳在公開場合提日記的事會造成經紀公司的困擾，大家已經漸漸淡忘了。」

我目瞪口呆。

「沙霧的手機上不是有登入的紀錄嗎？」

星野小姐之前告訴我，密碼也是沙霧的生日。

她察覺了我責備的視線，慌忙繼續說了下去。

「但並不完全是謊言，之後警方調查了登入紀錄，發現幾乎都是在網咖寫的，所以沒有證據可以證明是沙霧寫的，也沒有人在網咖見過她。」

即使如此，星野小姐仍然認為是沙霧寫的。

她並沒有為懷疑我一事道歉，也無意追查日記到底是誰寫的。如果是其他人寫了那些日記，會損害我的名譽，也會造成經紀公司極大的損失。

我知道，因為有太多無法解釋的事，所以無法斷言是別人寫的，最重要的是無法解釋照片的事。即使登入紀錄顯示在網咖，也可能是沙霧去網咖寫的，只要戴上口罩，別人不會發現。

「所以，即使日後要復出，也必須慢慢來。如果突然增加曝光，會引起反感。妳有沒有考慮舞臺劇？如果妳復出演舞臺劇，票房一定很不錯，然後若無其事地慢慢增加曝光度。別擔心，有很多藝人在犯罪之後都順利復出了。」

我想要發笑。星野小姐根本沒搞清楚狀況。

如果是諧星和演員，即使犯了罪，只要為自己的犯罪行為付出了代價，或許可以復出。但偶像不行，即使復出，也無法回到原來的舞臺。

真希望我有想要唱歌，或是想要演戲之類強烈的動機。如果有強烈的動機，即使滿身是泥，我也會想要復出。

「總之，目前的體型不可能復出。如果妳瘦得不成人形，或許可以吸引同情的眼光，但發胖的話，會招致更多反感。妳不是諧星，也不能走胖妹路線。」

星野小姐可能漸漸適應了眼前的狀況，說話直截了當。我一句話都沒說，她就認定我要復出。

「三個月瘦下來，可以嗎？然後在這段期間寫書。」

「寫書？要寫沙霧的事嗎？」

星野小姐搖了搖頭。

「只要稍微提一下沙霧的事就好，說她是妳的好朋友，不知道為什麼發生這種事，不必寫實話。」

但這就是實話，也是我的真實想法，她卻認為是謊言，教我該這麼說謊。

「即使只是稍微提到沙霧而已，妳現在寫的書也可以大賣。雖然可以等妳復出後再寫，但書越快上市越好。如果妳寫不出來，也可以為妳安排幽靈寫手。」

我的心突然變冷了。

我並不想要回去。

但是，我想要拯救蓮美，想要為她澄清冤屈。

以前曾經喜歡過蓮美的人，現在可能覺得遭到了背叛，或是感到難過。

也許還有少數人仍然願意相信蓮美。

以前走紅的時候我就發現了，那些對著我大喊「我是妳的粉絲」的人，很可能因為一樁小事就忘了我，很快去喜歡其他漂亮的偶像。

雖然我不曾為這種事感到難過，但想到現在很多人為曾經喜歡蓮美感到後悔，就不由地心痛。

那並不是真正的我。

所以，我要奮戰，要把過去找回來。

我要證明蓮美的清白，然後才消失。

隔天，我去銀行確認了戶頭裡還有多少錢。

足不出戶的那段日子，我的錢只用於繳房租和餐費，所以存款並沒有減少太多，還剩下八百萬左右。

老實說，我完全不記得自己賺了多少錢，又浪費了多少錢。雖然我買過昂貴的衣服和皮包，但應該沒有花掉數百萬。之前忙於工作時，幾乎沒時間花錢。

我也不知道自己目前手上的錢算多還是算少。

對一個十九歲的女生來說，這筆錢應該算多；但對於從今以後，都要承受好奇眼光的代價來說，又實在太少了。

但是，至少我可以活下去，也有能力搬家。

我去了區公所一趟，然後上網找房子。

重新找房子時，不需要找像現在交通這麼方便的地方。只要便宜、安靜，治安不至於差到有生命危險就好。

目前沒有工作和沒有保證人這兩件事有點頭痛，但應該不至於租不到房子，大不了去租那種上門推銷不需要保證人也可以租的房子。

我手上有「鈴木昭子」的戶籍謄本。

接下來的一個星期忙得不可開交。

新的租屋處在東十條的鐵軌旁。離車站並不遠，房租只要四萬圓。雖然關上窗戶，仍然可以聽到電車經過的聲音，但並沒有到無法忍耐的程度。

我向保證公司付錢解決了沒有保證人的問題，把穿不下的衣服和昂貴的皮包賣給二手服飾店，剛好可以支付搬家費，行李也減少了，一舉兩得。

星野小姐不時打電話給我，她似乎無論如何都想要我寫書。

「在寫書之前，也可以先在周刊雜誌上寫一些類似手記的東西。像是因為沙霧自殺很受打擊，導致身體出了問題，和療養中的近況……」

我意興闌珊地回答她，同時思考起來。

如今，我只有這點商品價值，星野小姐絞盡腦汁思考如何將瑕疵品順利換成金錢，以及日後要怎麼銷售價值已經暴跌的商品。

「總之，妳來公司一趟，和老闆一起談一談。」

我忍不住倒吸了一口氣，換了一支手拿手機。

我很喜歡青木董事長。他個子不高，頭髮和眉毛濃得好像是用麥克筆畫出來的，即使再怎麼奉承，也很難說他英俊瀟灑，但他對經紀公司旗下的藝人都像女兒般疼愛。

當初也是他在我背後推了一把，我才下決心當模特兒。

我拿著星探的名片，膽戰心驚地來到經紀公司後，老闆對我說：

「漂亮的女生只要美美地在那裡，就可以讓別人幸福。看到美女很開心，就可以帶給很多人活力，所以，像妳這樣漂亮的女生不能被埋沒。」

雖然事到如今，無法判斷老闆的這番話到底是對還是錯，但之前工作到深夜，筋疲力竭地搭計程車回家時，我曾經無數次回想起老闆說的這番話。

因為我很喜歡老闆，所以在那起事件發生後，我害怕知道老闆的想法。如果老闆支持我、袒護我，星野小姐應該不會用那種態度對待我，可見老闆也不相信我。

我鼓起勇氣問：

「老闆……說什麼？」

「他說希望妳來公司，大家一起坐下來談一談。」

不是。我問的不是這件事。

但如果老闆沒有特別說什麼，代表他和星野小姐一樣，認為是我逼死了沙霧，或許認為我恩將仇報。

星野小姐突然改變了說話的語氣。

「蓮美……妳該不會還不知道吧？」

「不知道什麼？」

「青木董事長已經辭職了。在沙霧自殺之後，他身體出了問題，一直在住院。現在菊池先生是公司的老闆。」

我認識菊池先生。

他是副董事長，當初和青木董事長一起創立了演藝經紀公司「焦糖牛奶」，但他並不是整天都在公司，所以我以前幾乎沒和他聊過天。

聽說他同時還有其他工作，所以很少直接參與「焦糖牛奶」的工作，但感覺他是青木董事長的得力助手，也都會來參加公司的會議。

比起菊池先生的事，青木董事長住院這件事更讓我深受打擊。

我不禁產生了罪惡感。

一定是沙霧的死和我的事，導致他的身體出了問題。

我在內心辯解，我什麼都沒做，在事件發生之後，我都一直躲在家裡。

但罪惡感還是卡在喉嚨。雖然我很想大叫，我沒有做錯任何事，但又無法如此斷言。

「總之，妳找時間來公司一趟，明天不行嗎？」

我調整了呼吸，用很微弱的聲音說：

「我現在還沒有勇氣，可不可以再等一陣子？」

星野小姐用力嘆了一口氣。

「好吧。妳有在減肥吧？」

「有。」

我並沒有減少食量，但因為搬家整理，可能瘦了一些，所以並不算是說謊。

「那我再和妳聯絡。」

說完，她掛上了電話。

我瞞著星野和經紀公司搬了家，打算把戶籍遷回目前無人居住的老家。即使有人想要調查我的下落，也需要費一番工夫。

我原本打算連電話都解約，但最後決定過一陣子再說。接下來或許還需要以蓮美的身分活動。

傍晚，我發現打包行李的膠帶不夠了，所以去了一趟便利商店。

一輛黑色的豐田Hiace停在公寓前。

我倒吸了一口氣。因為我見過坐在駕駛座上的男人，八成是周刊雜誌的狗仔。我調整呼吸，若無其事地走了過去。男人瞥了我一眼，立刻將視線移回公寓的入口。

我買了膠帶和布丁回公寓時，Hiace仍然停在那裡，但這次男人根本沒看我一眼。

搬家很順利。

幸好搬家當天，那輛Hiace沒有停在公寓門口。因為我丟棄了大部分的東西，所以只花了一個小時，就把所有行李都搬上車了。

原本很擔心被狗仔發現，或是星野小姐在當天突然上門，幸好所有的負面想像都沒有成真。

搬家工人是兩個年輕男人，兩個人都對我漠不關心。他們並不是故意不理我，也不是不親切，只是對我這個人沒有興趣。

不久之前，所有男人在和我說話時，都會露出興奮的表情。雖然有時候會有根本不認識的男人對我展現強烈的敵意，也有人對我毫無興趣，但有八成的男人見到我時，都會表現出某些感情。

可能是好感，也可能是赤裸裸的性慾，或是莫名的惡意。雖然因此帶給我許多快樂，讓我占了不少便宜，但也有許多不愉快的經驗。

只不過從來沒有想到，自己竟然會像風景或是沒有生命的東西般遭到無視。

還是說，這樣才是正常，我以前生活的環境才是特殊？

搬家順利結束，我把小費裝在紅包袋裡交給他們時，他們才終於害羞地笑了笑。以前只要我對男人露出笑容，或是輕輕碰觸他們的身體，他們就會露出同樣的表情。

拿了紅包願意露出笑容就很不錯了。

如果他們發現我是蓮美，可能就笑不出來了吧。

新家有一種疏遠的感覺，散發出陌生的味道。

入夜之後我才發現，窗外的是貨車和夜車的鐵軌。普通的鐵軌在末班車和頭班車之間很安靜，但這裡一整晚都有列車經過。

我躺在床上思考，覺得好像在睡覺時，被帶去了遠方。

我好像搭上夜車四處旅行。

列車規律經過的聲音、醒著時無法感受到的隱約震動。我在狹小的房間內，躺在床上，裹著心愛的毛毯，去遠方旅行。列車把我帶去陌生的地方。

當我在目的地醒來時，發現自己回到了原來的世界。

那是沙霧仍然滿面笑容，蓮美仍然受到眾人喜愛的世界。我用力閉上眼睛，幻想著這些事。

真希望夢想和現實之間的界限消失。

我要做的第一件事，就是去向沙霧身邊的人瞭解情況。

這件事並不簡單。沙霧已經死了，而且，我雖然已經胖得不成人形，一旦打聽沙霧的事，別人可能會發現我是蓮美。畢竟我並沒有整形易容。

我回想著沙霧以前曾經告訴我的事。

她說她是札幌出生的，她的母親在當地中學擔任教務主任，是一個嚴格的人。當初很反對她進演藝圈，所以她是離家出走來到東京。

沙霧很聰明，和高中輟學的我不一樣。她在演藝活動之餘準備考試，也順利考上了大學，但她說因為工作太忙，幾乎沒時間去上課。

雖然她和我很要好，但朋友並不多。大家都希望和沙霧交朋友，但如果不是她喜歡的人，她不願意敞開心房。

這種頑固的個性，和令人難以置信的可愛臉龐有一種不協調感，這也正是她的魅力所在。

她有男朋友嗎？雖然曾經聽她偷偷告訴我，一起合作的男生很帥，但從來沒有聽說她有穩定的男朋友。

青木董事長要求我們：「在二十五歲之前不要交男朋友。」因為我們的工作是販賣夢想，所以要忍耐這些不自由，等到我們二十五歲之後，只要不是介入他人婚姻的第三者，經紀公司就不會阻撓，而且還會全力支持。

所以，沙霧很可能交了男朋友，卻沒有告訴我。任何男生都會喜歡她。
我突然想到，她的自殺會不會和戀愛有關？
會不會和其他大經紀公司的男藝人談戀愛，對方背叛了她，所以她自殺了？果真如此的話，的確需要隱瞞自殺的原因，也可以解釋為什麼捏造日記。
這次的事件中，很快就發現了沙霧的日記，認定自殺原因是遭到我的霸凌。即使經紀公司發表聲明：「那不是沙霧的日記。」也沒有人相信，都認為只是滅火的藉口而已。
如果沒有那些日記，大家應該會揣測沙霧自殺的原因。
也許會發現她有男朋友，進而發展成緋聞。雖然我不知道對方是怎樣的男人，但既然把沙霧這麼年輕純潔的女生逼上絕路，一定會嚴重破壞形象。如果是藝人，就無法預料是否還能夠繼續從事演藝工作。
我在筆記本上用力寫下「沙霧的男朋友」幾個字。
放在一旁的電話響了。是星野小姐打來的。
我不想接電話。因為我和她無話可聊，也不想去公司。
但是，我隨即改變了主意。如果我一直不接電話，星野小姐可能會去之前的公寓找我，到時候就會發現我已經搬家了。
雖然她早晚會發現，但越晚發現越好。也許我這段時間要乖乖接電話，假裝正在努力減肥比較好。

「喂？」
我接起電話，立刻聽到她的聲音。
「蓮美，妳現在人在哪裡？」
她可能已經發現我搬家了，但我說了謊。
「我回來老家看看。」
自從母親死後，京都的那棟小房子一直無人居住。
星野小姐愣了一下，隨即重重地嘆了一口氣說：
「太好了……」
我覺得她的態度很不尋常，忍不住問：
「發生什麼事了嗎？」
「剛才新聞報導說，妳住的那棟公寓發生火災，全都燒毀了，好像也有人葬身火窟。」
我倒吸了一口氣，雙手顫抖著。
「妳在老家嗎？妳平安無事，對嗎？」
「對，我現在才知道火災的事。」
「真是太好了，聽到發生了火災，我擔心連妳也有危險，妳還活著，對嗎？」
「我還活著。」
我的聲音發抖，然後發現了一件事。

即使我現在自殺，也不會有任何人懷疑，反而會覺得該發生的還是發生了，也可能會有人認為我是自作自受。

我的確失去了一切，也的確感到絕望，但我並不想死。

至今為止，我一直以為自己是被挑選為代罪羔羊，來掩飾沙霧真正的死因。

但是，也許並不是這麼單純而已，也許我也被盯上了。

我用遙控器打開了電視，轉臺尋找新聞節目。

螢幕上出現了我熟悉的公寓。

電視中傳來記者響亮的聲音：

「根據現場的狀況研判，很可能是人為縱火。」

第三章

我之前就知道。

今天不是昨天的延續，世界會突然張牙舞爪，腳下會出現一個大窟窿，然後被人推入窟窿，重要的人也會輕易死去。

我以為自己知道，以為自己墜入了谷底。

但是，我所在之處並不是谷底，還有能繼續往下墜落的地方。

當我面對這件事時，感到無法呼吸。

如果有人對我心生惡意，想要殺我很簡單。我不會武術，力氣也不大，因為個子比普通女生高，或許可以稍微擋幾下，但當然打不過男人。

在電視螢幕上看到公寓燒毀的畫面在腦海中揮之不去。之後我一直轉臺找新聞節目，但沒有再播報同一則新聞。

公寓的火災事件並不是什麼大新聞，即使是人為縱火也一樣，並不值得一再播報。

很少人知道我住在那棟公寓。

我忍不住感到害怕。

世界對我展現了敵意，露出半年前不曾看過的面目嘲笑我。

半年前，我也沒有認為世界上的一切都親切善良，但如今看到的風景和以前完全不一樣。

我對一切感到害怕，我不想去任何地方，只想鎖好門，躲在房間內。

想到這裡，我發現了一件事。正因為我走出門，所以現在還活著。

如果我因為害怕而逃避世界，一直躲在那個房間，一定來不及逃生。

但是，此刻我在這裡。毫髮無傷，逃離了那個危機。

我輕輕撫摸著有點粗糙的膝蓋。我還活著。

我對星野小姐說，會暫時住在京都。

「是啊，這樣比較好，妳的心情也會比較平靜。」

星野小姐表示同意。

我並沒有告訴她，我已經搬離那棟公寓，帶走了所有東西。即使她去調查，我的戶籍地址也已經遷到了老家，所以她無法輕易找到我。

她很忙，不可能特地來京都找我。

沒有人知道我目前住在鐵路旁的這間公寓，這件事可以保護我。

即使縱火犯的目的是為了滅口，也不知道我已經搬離那裡，即使知道，也要耗費一段時間才能找到我。至少我現在可以自由活動。

但是，到底要如何行動？

我的思考鑽進了死胡同。

雖然我發胖，別人無法立刻認出我是蓮美，但我的長相和聲音沒有改變，熟悉我的人只要和我說幾句話，就會認出我。

我很希望可以向沙霧周遭的人瞭解情況。

沙霧的朋友、她的母親，如果她有男朋友，我也想見見她的男朋友瞭解情況，但這些人必定痛恨蓮美，他們一定不願意見到我。

最重要的是，我不想在深愛沙霧的人面前說謊。

既然這樣，我該從哪裡下手？

經紀公司的人和調查這起事件的記者應該最瞭解情況，但我不相信他們，而且他們也不會相信我。

在東京，我只信任青木董事長、星野小姐和沙霧。

如今，沙霧死了，青木董事長辭職，星野小姐也不可能願意幫我。

我該從哪裡開始調查？

我把剛才的筆記本拿了過來，在上面又寫了一行字。

尋找願意協助我的人。

之前曾經有熱情的粉絲寫信給我，有人留了電話和電子郵件信箱；也有人很忠實地支持我，我甚至記住了他們的長相和名字。

他們也許願意協助我，但我覺得不應該找他們。

他們不求任何回報地喜歡我。

他們買了我的寫真集，花了很長時間排隊參加握手會。不光是男生，還有女生。

我不願意他們看到我目前臃腫的樣子，而且我們之間也不是這種可以請他們幫忙做事的關係。

握手會時，我經常在想一件事。

這些粉絲雖然現在喜歡我，但他們有權利隨時討厭我。

如果是朋友，不可能無故討厭我，如果因為無聊的理由討厭我，我可能會生氣。

但是，這些粉絲不一樣，即使他們無故討厭我也沒關係。正因為這樣，他們才願意花很長的時間排隊，只為了握一握我的手。

每次這麼想，心裡都有一點難過。

或許有人願意協助我，但我不願意請以前的粉絲幫忙。

我在「願意協助我的人」這幾個字上畫了兩條線。

我只能單打獨鬥。

網路上有好幾個網站和部落格比對當初的這起事件。

但幾乎都是拿沙霧的日記和我的日記進行比對，然後找出共同點而已。

我忍不住想要咂嘴。這些人自以為在比對、驗證，但其實只是撲向有人準備好的材料，然後引導出對特定人士有利的答案。

沙霧的日記雖然寫在社群網站上，但沒有任何人在意為什麼會把日記寫在社群網站這種容易被人發現的地方。

而且，最近所有網站幾乎都沒有更新。

是因為沒有相關報導，我也銷聲匿跡，所以缺乏可以更新的消息嗎？

但在網路上看到我的本名和中學畢業紀念冊時，我感到不寒而慄。

這些資料不可能刪除。

雖然當藝人之後，我就作好了心理準備，但我們的經紀公司向來不公布藝人的本名，沙霧也一樣。

只是如果有心調查，可以輕易查到。中學的同學都知道我的事，很可能是其中有人把畢業紀念冊上的照片傳到網路上。

胃陣陣絞痛，我忍著痛，循著連結，瀏覽網站上的內容。

當我連到某個網站時，按滑鼠的手停了下來。

網路上介紹那是一個驗證網站，但網站上幾乎沒有留下任何內容。

只有一篇管理員寫的內容。也就是說，其他內容都被刪除了。

「很抱歉，我決定關閉本站。雖然並沒有忘記為沙霧的死哀悼，但我也有家人和想要珍惜的人，不願意為了繼續經營本站，給自己重要的人帶來困擾。我無意攻擊任何人，也不想傷害任何人，只是希望有勇氣的人揭開事實真相。」

最後的署名是Q太郎。管理員也是相同的名字。應該是網路暱稱，也不知道管理員是男是女。

但是，從聲明來看，顯然是受到某種壓力決定關閉網站。

並不是蓮美的粉絲採取行動的結果，如果是這樣，其他網站應該也會有類似的內容。

只有這個網站提到了不該提及的事，所以才遭人施壓。

我想知道在刪除之前，網站上到底寫了什麼，或是和這個Q太郎見面。

上面並沒有留電子郵件信箱，但有管理員信箱可以寄信給管理員。寫給管理員的內容和留言不同，不會顯示在網站上。

我在寫給管理員的信中留下了自己的郵件信箱。

「我是蓮美的朋友，我相信她不會做這種事。請問管理員，為什麼要關閉網站？可以告訴我嗎？」

也許這麼做毫無意義，但這代表了我開始行動的決心。

我屏住呼吸，按下了「寄出」。我要和外面的世界連結。

翌日，我打開門走了出去。

之前窩在家裡時，也會出門領錢或是購買日用品，而且也找了房子搬家，所以並不是第一次出門。

只是好久都不曾在沒有迫切理由的情況下外出了。

以前我很喜歡出門。

當我還是普通的中學生時，每逢假日，都會搭公車去市中心。雖然沒什麼零用錢，很少有機會買東西，但走在有很多小型商店的街道上就覺得很開心。

來到東京之後，只要可以休假，我都會出門走走。

有時候漫無目的在附近散步，去青山大道和代官山，在漂亮的咖啡店喝杯咖啡也很開心。

迎面走來的人看到我，驚訝地張大眼睛時，總是讓我開心不已。被一群女高中生包圍，用手機拍照時，雖然覺得很麻煩，但也很得意。

這輩子恐怕再也無法體會當時的心情了，我也充分體會到別人的視線會如何變化。

還是說，只要能夠洗刷汙名，就可以再度心情愉快地走在街上？雖然我完全無法想像這種情況。

對我來說，蓮美就像是已經死去的妹妹。

雖然我想要為她挽回聲譽，但即使真的如願，也無法真的拯救蓮美。

即使如此，如果我不採取行動，蓮美就會因為她根本沒做過的事，持續遭到憎恨。

所以，我要走出去，走出去找到真相。

這一天，我打算去沙霧以前住的地方。雖然那裡可能找不到什麼線索，但比起窩在家裡，也許可以發現什麼。

我以前曾經去過沙霧家一次。

和她來我家的次數相比，我去她家的次數真的太少了。回想起來，那是因為沙霧會主動說：「蓮美，我想去妳家玩。」但我不會說這種話。

我以前從來不在意這種次數的不均衡。

我完全不討厭她來我家，即使聊天聊累了，也不需要花時間回家，所以反而很輕鬆。

沙霧總是快天亮時起身，打電話到計程車行叫計程車回家。我站在窗前目送她的背影時，總覺得有點難過，但又有一種奇妙的感覺。

那次去沙霧家並沒有離現在很久，大約一年前，或是一年兩個月前。

那一陣子，我和沙霧整天都忙翻了，沒有時間像以前一樣一起去喝咖啡或是逛街買東西。

那天，我在活動結束搭計程車時，傳訊息給沙霧。

「我剛結束，累死了，真想休息一個月。」

沙霧很快就回了訊息。

「沙霧也剛回家，現在準備洗澡，要不要我傳性感照給妳？」

「辛苦了！性感照就不必了。」

開玩笑之後，沙霧又傳訊息給我。

「妳在計程車上嗎？那來我家吧。有人送我芒果，我們一起吃。」

「已經十一點了，我在減肥，謝謝妳的好意。」

「那芒果我自己吃，妳來嘛，我覺得好孤單。」

她說自己很孤單，讓我改變了心意。

「好吧，那我去妳家，告訴我地址。」

雖然我快到家了，但還是要求司機改變了目的地。沙霧住在澀谷，計程車必須折返，而且我累得很想回家倒頭大睡，但聽到沙霧說很孤單，我便想去陪她。

最後，我們在她家一起吃了超甜的芒果，然後一起躺在她床上睡覺，並沒有聊太多話。

但是，我現在想到，沙霧當時可能想要向我傾訴。

如果當時我和沙霧好好聊一聊，她是不是就不會死了？

我知道這種想法只是我在往自己臉上貼金，也許沙霧根本沒有想要向我求助。

即使真的是這樣也沒關係，我想要更瞭解沙霧。

原本以為自己瞭解這個朋友，但現在才發現對她一無所知。

我花了不少時間尋找沙霧以前住的那棟公寓。

我只去過一次，而且是在深夜搭計程車前往，所以要憑記憶尋找並不是一件容易的事。

我在附近轉了好一陣子，終於想起沙霧曾經把地址傳給我。

找到地址後，接下來就簡單了。好不容易找到的公寓看起來屋齡已經超過三十年。五層樓的房子比記憶中更矮，也許之前是晚上來的，再加上很疲累，當時覺得差不多有七層樓的高度。可見人的記憶很不可靠。

想到她就是死在這棟公寓，空氣好像驟然變冷了。

這棟公寓和我之前住的公寓有點相似，雖然交通很方便，但又舊又小。沙霧可能和我一樣，覺得只是晚上回來睡覺的地方，所以即使不夠舒適也沒關係。

只有地點這件事無法讓步。在東京都心租房子，可以利用工作的空檔回家休息，即使搭計程車回家，車資也不會太貴。

在剛出道的第一年，幾乎都是搭電車，小有名氣之後，搭計程車可以減少麻煩。

我確信一件事。

沙霧的房間應該還沒有租出去。

之前的房客是名人，而且自殺身亡，應該很難立刻找到下一個房客。

所以，只要我說：「如果這棟公寓有空房間，我想看一下。」或許會讓我去參觀一下房間。房東應該也不想讓房間空著，想要趕快租出去。

沙霧的房間應該已經清理過了，但也許可以和房東或管理員聊一聊。

那棟白色的公寓不是常見的長方形，而是東凸一塊，西凸一塊，形狀很有趣。

也許是建築師有什麼特別的用意。

上次來的時候是晚上，所以沒有發現，公寓的空地上種了很多低矮的樹木，空間很寬敞。

我膽戰心驚地走進公寓，來到大廳。

我看了信箱，沙霧之前住的房間信箱上沒有掛名牌。

但是，這裡可能住了很多單身的住戶，大部分房間幾乎都沒有掛名牌。郵差送信一定很傷腦筋。

一個六十多歲的男人正在管理員室看報紙，他的臉很圓，好像剛出爐的麵包。

我敲了敲關起的窗戶，管理員抬起了頭。

管理員沒有問：「有什麼事？」只是「啊？」了一聲，語尾上揚，代替發問。

「打擾一下，這裡是出租套房，對嗎？因為地點很方便，所以我很喜歡，但不知道有沒有空房間？我該去問哪家房屋仲介公司？」

我一口氣說完，管理員打量著我。

「……妳該不會是逸見沙霧的粉絲？」

我倒吸了一口氣，無法立刻回答。

我該否認嗎？如果我承認，他願意告訴我相關的情況嗎？

我的眼神飄忽起來，然後決定據實以告。

「……我是她的朋友。」

管理員張大了眼睛，起身走出管理室。

「是嗎？那妳一定很受打擊。」

「是啊。」

才不是很受打擊而已。我的整個世界都毀了，現在只能拚命撿起碎片。

管理員似乎相信了我說的話。原本還在想，如果他不相信，我可以出示手機裡的照片，但似乎沒這個必要。

「有很多粉絲來這裡嗎？」

「最近少了很多，但有時候仍然會出現，有些人從大阪和九州來這裡。妳跟我來。」

管理員向我招手，我們一起搭了電梯。

「因為談話性節目拍了這棟公寓的外觀，所以有人在網路上公布是這裡。曾經有一段時間，每天都有數十個人來這裡。起初我都拒絕他們進來，但很多人把鮮花留在空地上。」

電梯在四樓停了下來。沙霧之前就住在這個樓層。

「因為房東的好意，她的房間保留了下來，房間內沒有設佛壇，她的家人也把她的東西都帶回去了，但床和桌子維持原來的樣子，可以把鮮花放在她房間。」

「花……」

竟然完全沒有想到獻花這件事。我被自己打敗了。
「我可以等一下去買花嗎？」
「不，不必勉強。老實說，到時候還是由我收拾，所以不獻花對我比較好，但房東認為總比把花放在空地上好。」
管理員打開了沙霧房間的門，門沒有上鎖。
「請進。」
一走進房間，沙霧出現在正前方。我沒有立刻意識到那是照片。
她的周圍放著盆栽的花和裝在籃子裡的花，照片前面還有一疊信。
我的視野開始模糊，喉嚨發出嗚咽，我才發現自己哭了。
管理員拍了拍我的肩膀說：
「妳可以慢慢參觀，離開時保持原樣就好。」
我一邊哭，一邊用力點頭。

難以理解。
沙霧為什麼會死？是什麼把她逼上了絕路？
即使如此，仍然有很多人愛她。
有人會為蓮美的死哀悼嗎？

心情稍微平靜後，我在房間內走動。

管理員說得沒錯，沙霧的私人物品都不見了，應該不可能有任何可以成為線索的東西。

雖然我很在意那一疊信，但我不想偷那些信，也不認為上面會寫逼她走上絕路的原因。

我走出房間，回到一樓。

管理員還在看報紙，這次他先看到了我，打開了窗戶。

「心情有沒有好一點？」

我點了點頭。

「雖然不知道這個房間會保留到什麼時候，妳有時間可以再來看看她。她是個可愛的女生，也很有禮貌，我對她的瞭解也只有這樣而已。」

管理員伯伯也為她的死感到哀悼，所以才會對我這麼客氣。如果他發現我是蓮美，一定會把我趕出去。

「請問……沙霧在這裡有朋友或是男朋友嗎？」

我假裝是沙霧以前的朋友問道。管理員微微偏著頭回答說：

「我沒看過她帶朋友回家，但好像有男朋友。我對住戶的隱私沒有興趣，她的鄰居很八卦，當她帶男人回家時，那個鄰居就會來向我抱怨。她已經不是國中生和高中生了，有男朋友也很正常啊，是不是？」

「是啊……」

「如果妳是她的粉絲，我就不會說這種事，因為擔心妳的夢想幻滅。」

我露出不置可否的笑容。

「謝謝，我的心情稍微輕鬆了些。」

我鞠躬道謝，管理員突然露出嚴肅的表情說：

「妳的年紀應該和她差不多，無論遇到任何事，都千萬不要自殺，妳的父母會難過。」

我的父母都不在了，我也只剩下半條命。

但我並沒有這麼告訴管理員。

「謝謝你，我絕對不會自殺。」

管理員露出溫柔的眼神點了點頭。

我很高興他關心我。

沙霧有男朋友。光是知道這件事，就是一大進展。

改天還要再來一次。我想向沙霧的鄰居瞭解情況。

回程時，我去了花店，買了一束百合。雖然現在買花，也無法成為我剛才忘了獻花的藉口，而且買了花，也不知道去哪裡獻花。

但是，我無法不買這束花。

這束花也許不是獻給死去的人，而是為了自己。

這一天，我還去了另一個地方。

雖然我丟了骰子，但並沒有信心可以玩贏這場賭局。我在醫院的櫃檯問：「請問青木治雄先生住在幾號病房？」時，櫃檯的小姐很自然地回答我：

「二一一病房。」

我克制著內心的慌亂，對她展露笑容。

「謝謝。」

櫃檯小姐看著我手上那束百合說：

「不好意思，這棟病房規定不能帶鮮花探視病人，因為會有細菌。」

於是，我把鮮花寄放在櫃檯。

目前還不知道賭局有沒有贏。青木董事長的名字很常見，可能是同姓同名的其他人。

我之所以會來這家醫院，是因為青木董事長以前罹患胃潰瘍時，曾經住在這裡。雖然他目前身體出了問題，但可能在家裡療養，也可能換了其他家醫院。即使可能會白跑一趟，我認為仍然值得一試。

二一一病房是單人病房，有人躺在病床上。

不知道為什麼，即使沒有看病人的臉，我也知道躺在病床上的是青木董事長。我在旁邊的鐵管椅上坐了下來。

之前覺得他很年輕，看起來根本不像五十五歲，但現在蒼老得即使說他七十歲，也不會覺得奇怪。他的皮膚失去了光澤，削瘦的臉上滿是皺紋，黑色的頭髮和眉毛也幾乎都掉光了。

雖然之前聽說他身體出了狀況，但如此巨大的變化讓我感到驚訝。沙霧的死，對他造成了這麼大的打擊嗎？還是得了重病？

我問來巡房的護理師：

「青木先生的狀況很不好嗎？」

「但他最近的心情很不錯啊，而且也經常起床。」

個子嬌小的護理師親切地回答。

從「心情很不錯」這句話中，可以解讀出很多資訊。青木先生並不是病情好轉，也不是身體狀況有起色，最近也沒有出院的可能。

我坐在椅子上，注視著老闆的臉。我不想再失去一個重要的人。

當夕陽將窗外的天空染成紫色時，老闆張開眼睛，抬眼看著我。

「蓮美嗎……？」

老闆問我，臉上並沒有驚訝的表情。我第一次為自己發胖感到羞恥。

「你還好嗎？」

「我沒事。」

他想要坐起來，我制止了他，他順從地再度躺了下來。

「抗癌藥真的很傷身啊。」

我剛才就有點懷疑，沒想到果然是癌症。我告訴自己，癌症並不一定會死，有些人有癌症，仍然活了很多年。

「哪個部位的……癌症？」

「胃癌。雖然動了手術，但已經轉移到各個器官。」

我突然想到，會不會兩年前因為胃潰瘍住院時，就已經發現了？

「以後我會放慢步調，雖然我可能沒這種權利了。」

「權利……？」

老闆伸出手，摸著我的手。他的手很熱。

「早知道不應該把妳帶進這個行業，讓妳受委屈了。」

從來沒有人對我說過這種話，我也握住了老闆的手。

「請你不要這麼說。」

我在這個行業，曾經發生過很多美好的事，很快樂，也能夠為自己感到驕傲。

我撫摸著老闆沒有彈性的皮膚想道。

老闆並沒有生我的氣，他並沒有認為是我逼死了沙霧。

我看著老闆的臉說：

「我並沒有對沙霧做任何過分的事。」

因為我神經很大條，所以有可能在無意中傷害了她，但日記上所寫的一切都是胡說八道，我也從來沒有想要傷害她。

「我知道，妳不是這種人。」

我覺得肩上的重擔終於卸了下來。我用力握著老闆發燙的手。

「既然如此，為什麼會變成這樣？」

以老闆的立場，或許有辦法保護我，但他為什麼沒有保護我？難道他的身體已經這麼差了嗎？

即使這樣，他也可以吩咐其他工作人員保護我。

老闆搖了搖頭。

「對不起，我力不從心。」

他混濁的雙眼注視著我。

「蓮美，妳趕快回家，忘記所有的一切，過一個全新的人生。」

我不發一語地握著老闆的手。

老闆沒有搞清楚狀況。蓮美已經死了，死人不可能有新的人生。

離開醫院，搭上電車後，我才想起忘了拿寄放在櫃檯的花束。

我無意回頭去拿，也不覺得可惜。

那是要獻給沙霧的花，即使我帶回家，插在花瓶裡，沙霧也收不到。與其如此，不如像變魔術般讓花束消失，也許有機會送到沙霧手上。真希望能夠送到她手上，哪怕只是一縷花香。

回家的路上，我去了住家附近的便利商店，準備買晚餐的便當。

我把雞絞肉和炒蛋的雙色丼、茶飲放進了購物籃，走向收銀臺。經過雜誌架前時，和正在翻雜誌的男人四目相接。

那個男人很矮，長得就像信樂燒狸貓的真人版。他看到我之後，張大了眼睛。

我不由地感到緊張。以前我經常看到這樣的表情。

在外面吃飯、走在路上、搭新幹線或飛機，或是在電視臺的走廊上時，陌生人一看到我，都會露出好像見到熟人般的驚訝表情。

我不認識的人認識我，以前對這種情況習以為常。

只是在我發胖之後，完全不曾發生過這種事。雖然以前遭到無視會讓我很難過，但現在對我比較有利。

緊張貫穿了我的全身。他該不會認出我是蓮美？

不可能有這種事。我告訴自己。至今為止，只有青木董事長認出我。如果在路上擦身而過，恐怕連星野小姐也認不出我。

我故作平靜地在收銀臺前排隊結帳。回頭一看，那個男人正在翻找雜誌。

我暗自鬆了一口氣。可能我長得像他認識的人。

請店員幫我加熱便當後，我走出了便利商店，正準備走回家時，突然聽到一個聲音。

「有沒有人說妳長得像蓮美？」

我嚇得跳了起來。剛才那個男人一臉賊笑看著我。

「沒、沒有人這麼說。」

「啊？沒有嗎？妳長得很像她，我剛才看到妳，就覺得妳超漂亮。」

「我、我很胖……」

「這一點我並不否認，但即使是胖妹，也很漂亮啊。如果妳瘦下來，絕對和蓮美像雙胞胎……不過，妳這麼漂亮，不必減肥也沒關係。」

這個男人想幹嘛？我不由地緊張起來。

他在把妹嗎？而且專把胖妹？

「對不起，我在趕時間……」

「啊，這是我的名片。」

他遞過來的名片上寫著「寂寞小貓　齋木光」。太詭異了。

「我不需要。」

我把名片推了回去，他再度瞪大了眼睛。

「妳的聲音也和蓮美很像。妳沒事吧？」

「我沒事！」

說句心裡話，我當然不可能沒事，只是並不會向這麼可疑的男人求救。

他打量著我。

「嗯，妳會覺得我可疑也很正常。老實說，我們是色情按摩店，妳想不想來上班？」

「我對這種的沒興趣！」

「也許吧，但妳聽我說一下嘛。我們店走胖妹路線，妳的身材完全合格，胸部也很傲人，又超漂亮，一定會很紅，而且又很像蓮美。」

「才不像呢！」

說完這句話，我才想到。通常被人說和蓮美很像，應該會感到高興嗎？還是因為現在蓮美形象跌到谷底，即使生氣也不會引起懷疑？

「我要報警囉！」

聽到我這麼說，他後退了三步，舉起雙手。

「對不起，對不起，我什麼都不會做，只是請妳收下我的名片。」

因為和他之間拉開了距離，我的心情稍微平靜了些。

「如果妳哪天缺錢，可以打電話給我。我們是會員制，絕對不會被外面的人知道。」

「我不需要。」

說完，我想把名片還給他，但因為他離我很遠，所以無法還到他手上。

「妳收下吧，等一下扔了也沒關係，我不會跟蹤妳。」

「當然不行啊！」

如果他跟蹤我，我當然會報警。

「那就後會有期囉，只要打電話給我，我隨時可以請妳吃飯。」

他說完這句話，逃回了便利商店。

我故意走向和回家相反的方向，繞了一個大圈子，多次確認沒有人跟蹤後，才終於走回家。

幸好沒有人跟蹤我。

回到家裡，鎖好門之後，我才想起那張名片還放在口袋裡。我正想丟進垃圾桶，但遲疑了一下。

目前我並不缺錢，還不需要去色情行業工作。

但以後呢？不知道能不能找到正常的工作，也不知道未來會發生什麼事，也許到時候會需要錢。

我打開抽屜，把名片丟了進去。

這是以後或許會選擇的選項之一。要事到臨頭，才知道會不會選擇這個選項，但選項當然越多越好。

蓮美已經遭到抹殺了，我無論做什麼，都不會造成任何人的困擾。

為了生存，我可以做任何事。

第四章

我躺在床上，注視著牆壁思考著。

我多久沒笑了？

不是諂媚的笑，也不是假笑，最後一次真心感到快樂的笑是什麼時候？只要努力回想，應該很快就可以回想起來。

因為我的人生就像在切換開關般，發生了戲劇性的變化。

沙霧自殺之前和之後。在開關切換之前，我經常笑。每天忙得頭昏眼花，幾乎沒有時間休息，但有很多快樂的事。

如果當時有人對我說：「妳很幸福。」我一定會反彈。我根本沒有屬於自己的時間，即使有很多男人說喜歡我，我也沒有權利喜歡任何人。誰都無法預料幾年後的事，也沒有人能夠預料我會紅到什麼時候。看到比我更紅的人，在電影和戲劇方面大有斬獲，總是讓我羨慕不已。

當時，我是根據自己的意志留在那裡，得到了自己最想要的東西。雖然很累，但並不是累得無法思考，而且我也經常笑。如果說，當時的自己不幸福，應該會遭到天譴。

唯一後悔的是，真希望在目前的狀況下，能夠有多一個能信任的人。信任的人都離開了我，我只能認為是我並不具備可以留住他們的價值。

我已經超過半年沒笑了。

但是，沙霧呢？我曾經好幾次看到她富有立體感的嘴唇像花瓣般綻放，記憶中的她，總是帶著笑容。

那張可愛的笑臉掩蓋了真正的她。她甚至不想活了，那些笑容當然不可能發自內心。

我現在雖然不笑了，但並沒有絕望。她在笑的時候帶著絕望。

這兩者有什麼差別？

手機響起了來電鈴聲。是星野小姐。

我重新設定了來電鈴聲的音樂，這樣馬上就知道是她打來的。樂曲是〈向星星許願〉。

我接起了電話。

「蓮美嗎？」

「對，是我。」

電話中傳來很大的說話聲和動靜。她應該還在工作。

「之後的情況怎麼樣？減肥有進展嗎？」

我坐在床上，看著自己的腳。腳上的肉淹沒了腳踝。

「慢慢……在減。」

「是嗎？妳最近都在家裡嗎？能不能來東京一趟？」

「啊？」

我這才想起之前告訴她，這一陣子都在京都老家。我在床上重新坐好。

「我不太想出門……可以過一陣子再說嗎？」

我可以感受到她的失望。

「有沒有辦法寫手記呢？」

「要寫什麼？」

「可以寫妳至今為止的人生，寫下目前為止發生的事。妳寫好之後，我們會修改，如果妳沒辦法寫，也可以請寫手撰稿。」

「但讀者並不想看這些內容吧。」

我的話音剛落，星野小姐就咄咄逼人地說：

「妳也可以寫妳的真實想法啊。」

沒錯。即使我寫自己並沒有霸凌沙霧，也很少人會相信，反而會猜測我這麼寫，是為了自保。

讀者想看的，是根本不存在的故事。蓮美多麼憎恨沙霧，多麼嫉妒沙霧，用什麼方法欺負她，把她逼上了絕路。

必定有人寫這樣的故事。那個人創作了沙霧的日記。

我沒有吭氣，星野小姐似乎誤會了我的意思，她用溫柔的語氣說：

「妳現在還不想寫這些事吧？所以只要寫蓮美至今為止的歷史就好，讀者會喜歡的。」

「我會考慮。」

是嗎？他們也許會買，但在看完之後，難道不會覺得「被騙了」嗎？

星野小姐輕輕嘆了一口氣。

「如果動作不快一點，就沒有地方願意刊登了。」

我無所謂。我沒有想說的話，也沒有想寫的故事。

我還沒有回答，星野小姐就改變了話題。

「對了對了，千穗打電話給我。」

「千穗……」

一年前，波木千穗和我是同一家經紀公司的藝人，也曾經在同一個活動上唱歌、跳舞。她比我大兩歲，眼尾微微下垂的眼睛很可愛。對一個偶像來說，她太胖了，所以經紀公司經常命令她減肥。

我想起外出工作時，她在後臺不吃便當，抱著寶特瓶的茶水，垂頭喪氣的樣子。

我的工作越來越忙，而她漸漸接不到工作。她的父母說服她退出演藝圈，最後她回去大阪老家了。

「她寄電子郵件給妳，妳都沒有回覆，所以她很擔心。我說妳回京都了，她說想去見妳。如果妳有心情，記得回覆她的郵件。」

「我知道了，我會回她。」

聽到千穗的名字，我立刻感到懷念不已。

千穗不光是我的好朋友，也是沙霧的好朋友。如果她沒有恨我，還為我擔心，代表她並沒有完全相信媒體的報導。

我想見她。我想和她見面聊一聊。

我並不奢望她會幫我，只是太寂寞，想找人說說話。

我希望拋開警戒和別人見面，聊一些無關痛癢的事。即使不同情我也沒關係，即使不願意聽我說真心話也沒關係。

掛上電話後，我在郵件中尋找千穗的郵件。

所有的郵件都丟著沒看。因為每次想要看，心就痛如刀割。反正幾乎所有的郵件都不值得一看。

我花了一點時間，才終於找到千穗的郵件。她換了郵件信箱。

「蓮美，妳還好嗎？我是千穗，我相信其中一定有隱情。如果有需要我幫忙的地方，儘管告訴我。我希望可以再見到妳。千穗。」

雖然內容很平淡，但措詞很親切。我想起她那張好像在撒嬌般的臉。

我躺在床上，回覆她的郵件。

「千穗，謝謝妳。剛才星野小姐打電話給我，謝謝妳為我擔心。老實說，我完全搞不懂為什麼會變成這樣。」

我原本想要繼續寫「沙霧的日記根本全都是假的」，但遲疑了一下。這種事還是當面向她說明比較好。

「我根本不知道那些事，所以好混亂。沙霧的事也讓我很難過。」

寫完之後，我寄了出去。

在發生這些事之前，我也不是每一句話都是出自真心。我說過謊，也曾經花言巧語，說過很多言不由衷的話。

但是，現在比以前說了更多謊。我謊稱在減肥，又假裝自己在京都，甚至要偽裝自己。

所以，難得把沒有虛假的真心話寫出來，就消除了緊張。世界和我之間的那道厚牆似乎稍微變薄了。

我把手機丟在床上，看著天花板。很快就聽到了收到電子郵件的鈴聲。

「蓮美，妳沒事，真是太好了。最近好嗎？謝謝妳回覆我。聽星野小姐說，妳目前在京都，真的嗎？那我們可以見面嗎？」

我想了一下，回覆了她。

「目前因為有點事，所以在東京，但很快會回京都，我們可以約在大阪見面。」

謊言再度探出了頭。但是，目前還不知道千穗是否可以信任。

如果告訴她，我目前在東京，她可能會告訴星野小姐。

如果在大阪和她見面，可以當天來回。只要能夠見到千穗，出一趟遠門也沒關係。

「真的嗎？那我們來約。要不要約在KTV？」

她可能擔心我會被別人看到。雖然這根本不重要，但我不希望我們的談話被別人聽到。

我們約定明天下午見面。千穗用郵件傳來了難波的一家KTV的地圖。

和千穗用電子郵件聊完之後，我忍不住想。

千穗知道沙霧自殺的真相嗎？

翌日，我搭上新幹線，準備去和千穗見面。

之前也不時去大阪工作，所以每個星期會有一次搭新幹線往返。我以為自己熟門熟路，但買車票耗費了不少時間。

以前因為工作搭新幹線時，星野小姐都會買好票，我只要拿著她給我的車票走進驗票口。

因為我打算當天來回，所以沒什麼行李，只帶了一個斜背的背包，坐自由座去大阪。

這可能是我第一次坐自由座。以前工作時，一開始坐對號座，後來升等為商務座。
自由座的車廂在月臺的角落，我走了很長一段路。
我買了一瓶茶飲，走進駛入月臺的新幹線，幸好車上人不多，我坐到了窗邊的座位。
我靠在椅子上閉上眼睛，聽到了發車的廣播。
窗戶的風景緩緩動了起來。
每次搭新幹線，內心深處就受到震撼。也許是因為我曾經搭新幹線來東京的關係。
而且，有朝一日，我會回到自己出生的故鄉。
即使在工作順利時，我也不認為自己會一直留在東京。雖然我很喜歡東京，但總覺得這個城市在拒絕我。我的預料完全正確，只是這一天比我想像中來得更早。
我現在還不想回老家，但在不久的將來，我應該會回去。
新幹線微微的晃動很舒服，我不知不覺睡著了。快到京都時才醒過來。
在到達新大阪車站前，我看著窗外的風景。
我在新大阪車站搭御堂筋線前往難波，應該可以在和千穗約定的時間準時到達。
我第一次去她指定的那家ＫＴＶ，但看了她寄給我的地圖，很快就找到了。雜亂的大阪街道好像會將我吞噬，這種感覺讓我很自在。
千穗坐在大廳的沙發上玩手機。她戴了一頂寬簷帽，穿了一件白襯衫和七分褲。她抬起頭時張大了眼睛。
「啊……蓮美……嗎？」
「妳嚇到了嗎？」
我在回答時，知道自己的臉扭曲著。
和青木董事長見面時一樣，站在相信自己的人面前，突然為自己目前的樣子感到羞恥。雖然我因為發胖，才能不在意眾人的眼光走在街上。
美麗是善良的保證嗎？如果我們是戀愛關係還情有可原，千穗應該並不在意我是否發胖。
「妳怎麼……會……？」
千穗仍然驚訝得說不出話，但隨即清醒過來，從沙發上站了起來。
「我們去包廂吧，別在這裡說話。」
我們在櫃檯拿了麥克風和遙控器，走去了包廂。那是最多只能容納四個人的小包廂，千穗把裝了麥克風和遙控器的籃子隨意推到一旁。反正我們原本就不唱歌，所以無所謂。
「蓮美，妳為什麼會變這樣？」
「可能……壓力太大吧。」
「妳以前那麼瘦……」
千穗用力皺著眉頭，我慌忙辯解說：

「但現在這樣不會引人注意，所以很自在，別擔心。雖然星野小姐要我減肥。」
老實說，我並不打算減肥。如果可能會被人認出是蓮美，我可能又會躲在家裡不出門。
千穗低著頭。不知道為什麼，她的表情好像快哭了。
「千穗，妳怎麼了？」
「妳知道我現在心裡想什麼嗎？」
「啊？」
她突然這麼問，我當然不可能知道她在想什麼。
千穗的臉笑得皺成了一團。
「我覺得超痛快。」
我愣住了。我沒想到她會說這種話。
我說不出話，這時，包廂的門打開了，服務生走了進來。
「請問兩位要喝什麼？」
服務生遞上飲料單，用緩慢的語氣問。千穗接過了飲料單。
「呃，我要冰咖啡歐蕾。」
服務生看著我，我慌忙回答說：
「我要烏龍茶。」

服務生離開包廂後，千穗嘆了一口氣。
「妳很受打擊嗎？妳原本以為我個性很好嗎？」
「不知道……」
千穗從皮包裡拿出香菸和打火機，把菸灰缸拉了過來。
我從來沒有想過千穗的個性是好是壞，但我也沒有對她做過任何會讓她記恨的事。
我突然感到恐懼。我完全沒有發現千穗討厭我。也許沙霧也討厭我，我可能在不知不覺中，深深傷害了千穗和沙霧。
「千穗，我對妳做了什麼嗎？」
我戰戰兢兢地問。千穗在點菸時回答說：
「沒有，妳沒有對我做任何事。因為妳這麼迷糊，不是會作弄別人的人，沙霧倒是有可能。」
她吐了一口煙。
「但正因為這樣，才讓人火大啊。」
我不由地心一沉，抓住裙子，看著千穗。
「我比妳和沙霧更早出道，還自掏腰包去上戲劇表演課，還練習發聲，但妳們什麼都不用做，就不斷有工作上門，粉絲也越來越多，經紀公司的人也都很疼妳們。」
包廂的門又打開了，服務生走了進來。千穗閉了嘴，移開了視線。

服務生把飲料放在桌上。我根本不想喝什麼烏龍茶，但剛才腦筋一片空白，在服務生的催促下，才會亂點一通。

服務生走出去後，千穗再度開了口。

「妳們在後臺吃外送的點心，喝可樂也完全不會胖，我經常每天只吃一餐。」

但是，千穗現在很瘦，以前在演藝圈時，比現在胖很多。

「現在呢……？」

我問。千穗噗哧一聲笑了起來。

「我放棄演藝圈後，體重立刻開始下降，到底是為什麼？」

她好像自言自語般嘀咕說：

「搞不好我也壓力太大了。」

我不知道。

就像我整天躲在家裡吃披薩一樣，千穗以前在演藝圈時，也曾經有心情沉重的時候嗎？

「因為實在忍不住，所以都會在半夜偷吃零食，怎麼可能不胖呢？」

千穗說完，乾笑了幾聲。

我猛然想到。千穗現在說的話，百分之百是她的真心話。

雖然很冷漠，很促狹，也很赤裸裸，但完全沒有半點虛假。

我仍然抓著裙子問：

「那妳看到我現在胖成這樣，妳滿意了嗎？」
我被踢出原來的世界，落魄不已，如今又胖得不成人形。
如果被狗仔拍到我現在這樣，一定有很多人看著我的照片嘲笑我。
千穗瞪著我說：
「當然不可能滿意，恐怕這輩子都不會滿意。無論妳接下來再怎麼落魄，都無法改變我曾經輸給妳的事實。」
她語氣堅定地說完這句話，又小聲地補充說：
「還是十年、二十年後，可能會改變？」
我不知道，我也有相同的疑問。
十年、二十年後，我會不再痛恨這個世界嗎？忘記這個世界曾經對我張牙舞爪嗎？
在經過漫長的歲月之後，會覺得世界不一樣嗎？
我問千穗：
「妳對沙霧的事有什麼看法？」
「……不知道。」
她嘆著氣回答。
「有時候覺得很痛快，但有時候又覺得很難過。每天都不一樣。有時候覺得有那麼多人喜歡妳，那麼閃亮，真希望妳也去自殺。我知道自己這樣很糟糕，但是，有時候也會淚流不止。」

她在說話時，按著眼尾。

「在演電視劇時，好人就是好人，壞人就是壞人，都分得很清楚，有時候表面是好人，但骨子裡是壞人，有時候也會是相反的情況。現實中卻不一樣，每天都會改變。」

「我也一樣。」

我鼓起勇氣說道，千穗驚訝地抬起頭。

「我有時候很恨沙霧，因為她做了那種事，徹底改變了我的人生，但有時候會很痛苦。每次想到她已經不在這個世界，就不知如何是好。」

千穗笑了笑。

「每天都不一樣？」

「每天都不一樣，有時候上午和下午也不一樣。」

感情應該疊了好幾層，形成了漸層，光照射的角度不同時，連當事人自己看到的也不一樣。

「原來並不是只有我這樣。」

「應該是。」

我的人生經驗不足，無法斷言這個世界的事，但既然我和千穗都這樣，其他人應該也差不多。

「真不知道沙霧為什麼會自殺。」
千穗沙啞的聲音咕噥著。
「我也不知道啊。」
「她那麼可愛，皮膚那麼白，臉頰白裡透紅，即使不擦指甲油，指甲也都亮亮的。她漂亮得有點不真實，漂亮得太沒道理了。」
千穗嘟著嘴，我很熟悉她這種好像在撒嬌的表情。
「真的很沒道理。」
我能夠理解千穗的心情，但是，沙霧真的自殺了。
「如果我是她，絕對不會去死。」
千穗斬釘截鐵地說。我無法像她這麼堅定地說這句話。
沙霧可能無法體會我和千穗對她感受到的那種鬱悶，但我和千穗也不瞭解她內心的痛苦。
千穗手上的菸快燒到手指了，她把菸捺熄了。
「蓮美，妳接下來有什麼打算？」
我第一次想要把真心話告訴別人。
「我想要調查到底發生了什麼事。」
「啊？」
「我要調查沙霧為什麼要自殺，也要調查為什麼會有那些日記。」

社群網站上的那些日記完全都是胡說八道，這代表沙霧自殺的真相被隱瞞了。

千穗的雙眼瞪得像她胸口的鈕釦那麼圓。

「要怎麼調查？」

我無言以對。

「這……我會想辦法……」

但是，並不是完全沒有線索。

「我知道沙霧有男朋友，所以，我要找出她的男朋友，我猜想她男朋友應該知道某些事。」

「男朋友？」

千穗太驚訝了，連聲音都變了。

「她那麼忙，妳覺得有時間交男朋友嗎？」

「很多人比沙霧更忙，不是照樣交男朋友？」

「嗯，那倒是……但沙霧看起來對男生好像沒這麼大的興趣……」

即使在工作上遇到帥氣的男生向她索取電子郵件信箱，她也總是巧妙地打發。有些精力充沛的女生即使再忙，也會去參加聯誼或是約會，沙霧的確不是這種類型的女生。

「但是，如果菊池先生知道了，一定會被痛罵一頓。」

我想起千穗和沙霧一樣，都是菊池先生帶的藝人。

「千穗，妳知道菊池先生現在是董事長了嗎？」

「什麼？不會吧？青木董事長呢？」

我在回答時，感到一陣心痛。

「他得了胃癌，正在住院。」

千穗倒吸了一口氣，皺起了眉頭。

「如果是胃癌，只要動手術……」

「聽說已經轉移到很多器官。」

千穗不再說話。

不知道青木董事長還能活多久，我也不想知道。聽說有人靠著藥物抑制疼痛，和癌症共存。

千穗幽幽地說：

「焦糖牛奶真是衰事連連。」

「我的公寓也被人縱火燒了。」

「啊……？」

千穗按著胸口，發出慌亂的聲音。

「結果……沒事嗎？妳還活著？」

她的問題很蠢，我忍不住笑了起來。

「還活著啊，妳看到了。因為我在那之前偷偷搬家了。」

我當然不知道縱火的目的是否針對我，果真如此的話，在縱火之前，應該調查我是否在家。

但是，在縱火案發生不久之前，我整天都躲在家裡，也許那個人覺得即使不必確認也沒關係。

「妳不要再一個人住了，太可怕了。妳搬來我家附近吧。」

我很高興千穗這麼對我說，雖然她剛才還說「很痛快」。

「但是，我要向蓮美的敵人報仇。」

「敵人？」

千穗一臉錯愕的表情問道。

「敵人是什麼意思？」

「蓮美被人扼殺了，背負起根本沒有犯過的罪行，任人宰割。所以，我要向蓮美的敵人報仇。」

「如果蓮美被扼殺了，那在我面前的這個人是誰？」

我淡淡地笑了笑說：

「蓮美的亡靈，或者是鈴木昭子。」

回程的新幹線比去程時擁擠。

我好不容易在通道旁找到一個空位坐了下來。天色已經黑了，路燈和民宅的燈光飛速經過窗外。

我很慶幸和千穗見了面，好久沒有把自己的想法告訴別人了。雖然她說了一些很過分的話，但她並沒有完全相信媒體的報導，這件事讓我感到高興。

即使最後我無法查到任何真相，也無法為蓮美洗刷汙名，但至少有人相信蓮美。青木董事長和千穗，至少有兩個人相信蓮美。也許之前支持蓮美的粉絲中，也有人相信蓮美。

正因為這樣，我更想打贏這場戰局。

三天後，我正在家裡吃泡麵，手機響了。

液晶螢幕上出現了波木千穗的名字，我毫不猶豫地接起了電話。

「蓮美？妳現在人在哪裡？」

「哪裡……在家啊。」

「我現在到東京了。」

我驚訝得站了起來。

「什麼？妳來幹嘛？」

電話彼端傳來千穗得意的聲音。

「我來幫妳啊。」

「幫我……」

「妳不是沒辦法向沙霧的朋友和家人瞭解情況嗎？再怎麼發胖，一聽聲音就知道了。」

我也在煩惱這個問題。我並沒有完全變成另一個人，就連擦身而過的胖妹色情按摩店的皮條客也認出了我。

「如果不向他們瞭解情況，根本不可能調查沙霧自殺的真相。」

她說的完全正確。

「我幾乎沒有拍電視和廣告，沒什麼人認識我，所以很安全，我會幫妳。」

如果千穗願意幫我，的確是很大的助力，但是，不能讓她幫忙。

「不行，可能會有危險，我不能把妳也捲進來。」

「那好吧，至少讓我住在妳家。」

「啊？」

我發出嚇傻的聲音。

「我和男朋友吵架了，他竟然劈腿，所以我離開大阪了，讓我住在妳家。」

「呃……」

「而且，我打算再挑戰一次。我要當演員，要去參加甄選，所以讓我住妳家。」

她說話好像在開機關槍，我茫然地回答：

「那妳到東十條車站時再打電話給我。」

千穗到車站後，我在電話中告訴她公寓的地點。

一進門，她立刻皺起了眉頭。

「太小了，妳為什麼住在這種地方？」

「因為我現在沒收入。」

「哇，這裡沒辦法住兩個人，但如果去買個睡袋睡地上，應該擠得下。」

她擅自這麼決定。無論怎麼想，她都無法長期住在這裡。

「住兩、三天的話沒關係，如果妳要住更久，就去另外租房子。」

千穗嘟起了嘴。

「蓮美，妳真無情。」

在我走紅之前，曾經和其他女生分租房子，我並不討厭和別人同住，但這個房間實在太小了。

「我可以幫妳去打聽情況啊。」

這是她住在我家的交換條件嗎？

「搞不好會遭遇危險。」

「沒關係，我比妳年長啊。」

她完全缺乏緊張感。

「反正這裡太小了，沒辦法住兩個人。」

「好吧，那我會找房子，我知道幾個不需要付押金和禮金的地方。」

聽她這麼說，我暗自鬆了一口氣。

千穗抓著我的手臂說：

「我們去調查沙霧的男朋友。」

來到沙霧之前住的公寓，發現管理員不在，可能去巡邏了。

我把沙霧的房間號碼告訴了千穗。

「不知道哪一戶鄰居知道沙霧帶男人回家，妳可以去打聽一下詳細的情況嗎？」

「ＯＫ，交給我吧。」

她好像在演戲般敬了禮，但我還是很不放心。她真的沒問題嗎？

看著千穗搭電梯上樓後，我回到大馬路上打發時間。不到五分鐘，手機就響了。是千穗打來的。

「昭子，我覺得妳來聽比較好，妳上來吧。」

「呃，但是……」

我還在遲疑，她就掛上了電話。

她沒有叫我蓮美，而是叫我昭子。難道是她確信沙霧的鄰居不認識蓮美？

雖然我不時上電視，但沒有興趣的人根本不認識我。如果是這樣，即使我和千穗一起向鄰居瞭解情況，鄰居也不知道我是誰。

我搭電梯來到四樓，沙霧房間後方那戶人家的門敞開著，千穗站在那裡，看到我時，向我招著手。

一個四十多歲，頭髮染成棕色的女人敞開著門，正在和千穗聊天。我低頭向她鞠躬打招呼，她瞇著眼，用鼻子噴著氣，我一開始不知道那是她在笑。

「她也是沙霧的朋友，可不可以請妳把沙霧男朋友的事告訴我們？」

「有一個穿西裝的男人每個星期大約會來兩次，年紀不大，但頭髮都白了，戴著眼鏡……長得還不錯……」

我和千穗相互使了一個眼色。

女人的形容完全符合沙霧的經紀人佐原先生的外貌，也許今天白跑一趟了。

千穗說：

「沙霧是藝人，也可能是她的經紀人。」

「不可能，因為那個人都是在深夜十二點或是兩點才上門，然後兩個人一起出門，有這種經紀人嗎？」

這種情況的確有點奇怪。

演藝工作經常會到深夜，有些電視節目的錄影從晚上九點或是十點才開始，結束時經常超過十二點，但是，很少有深夜十二點之後的工作。

經紀人在這麼晚的時間帶沙霧外出，的確很不自然。

「然後在凌晨五點左右回來，我真的很受不了！」

女人深深地嘆著氣。也就是說，她一整晚都在監視沙霧房間的動靜嗎？

「雖然她長得很可愛，但該玩的可沒少玩。因為我實在看不下去了，所以曾經向管理員反映過好幾次，結果管理員說：『不能因為這種原因請住戶搬離。』這年頭的人，真是太沒道德了。」

我無法理解這個女人憑什麼指責沙霧。

豎起耳朵聽隔壁鄰居家的動靜，確認鄰居幾點出門，然後向管理員告狀的她，才很沒道德，也很醜陋。

「我覺得她私生活很亂，後來知道她是藝人，這就難怪了。」

看到她一本正經地這麼說，讓人很生氣。沙霧並不是只要男生邀約，就會輕易和別人交往的女生。佐原先生是她的經紀人，可能有什麼特殊的工作，或是在討論工作。

我沒有和男生交往過，但有時候會被人問：「妳很愛玩吧？」

即使沙霧和我很愛玩，就該為此受到懲罰嗎？我忍不住心浮氣躁。

千穗用手肘戳了戳我。我似乎露出了可怕的表情。

那個女人抱著雙臂，搖了搖頭。

「她爸爸偶爾會來，可能她爸爸不知道這些事吧。」

「她爸爸？」

千穗問道。

「對，看起來差不多五十五歲，和她長得有點像。我向他打招呼，他很有禮貌地向我打招呼說：『請妳多關照。』」

之前聽說沙霧是單親家庭，難道是和她母親離婚的父親來東京了嗎？

千穗鞠了一躬說：

「很抱歉，占用了妳的時間，謝謝。」

「找不到她的男朋友嗎？」

女人露出好奇的眼神問道，我打算對這個女人說幾句話，但千穗搶先回答說：

「是啊，我們猜想他應該是沙霧自殺的原因，所以想要當面問清楚。」

「我就猜想是這麼一回事，所以也對周刊的記者這麼說了，但記者沒有報導，可能是承受了壓力吧。」

我和千穗互看了一眼。

我們跨坐在附近公園內油漆已經剝落的貓熊和猴子的搖搖樂上討論起來。

「佐原先生出現的時間有點奇怪。」

如果是清晨四點，可能是因為一大早有拍攝工作；如果是晚上九點，可能是參加深夜的節目錄影，但很少會有十二點或是兩點的工作。

我小聲嘀咕說：

「沙霧的男朋友是佐原先生？」

千穗站了起來。

「不可能，佐原先生已經結婚了，他太太以前是焦糖牛奶旗下的模特兒，超漂亮……」
千穗說到這裡，露出恍然大悟的表情。
也就是說，佐原先生有前科，有對經紀公司的商品出手的前科。
「他竟然沒有被公司開除。」
「好像是他太太先離開了經紀公司才被發現的，對外聲稱是他太太離開之後，也經常有事找他商量……」
千穗的語尾含糊起來。我也瞭解了是什麼狀況。
「未必真的是離開之後才交往。」
千穗蹺著腳，看著遠方。
「佐原先生的太太當時並不紅，想要離開時，經紀公司也沒有挽留，但沙霧不一樣啊。」
經紀公司當然不可能允許沙霧和經紀人談戀愛。
「還有她爸爸的事也很奇怪，沙霧的爸爸和媽媽不是離婚了嗎？」
「對啊，她說很久沒見到她爸爸了，還說她爸爸再婚了，她不想和爸爸見面。」
「但沙霧上電視之後，他們父女可能見了面。」
「嗯……」
如果真的有這種事，沙霧應該會告訴我。我和我父親的情況，也與沙霧的情況相同。父母離婚之後，就從來沒見過他。

之前，和一起工作的法國模特兒茱麗聊起這件事時，她對此憤慨不已。

「離婚是夫妻的問題，但小孩子有見父母的權利，為什麼日本人可以這樣理所當然地侵犯小孩子的權利？」

在日本，父母離婚、分居之後，小孩子是否能夠見到父母，取決於父母在離婚後的關係。雖然我和沙霧之前都無法見到父親，但沙霧之後見到了她的父親。

不，也許正因為這樣，沙霧才沒有告訴我。也許因為我和父親多年未見，她在意我，才沒有告訴我這件事。

還有一件令人在意的事。

「她剛才說，曾經對周刊記者說了這件事，但並沒有報導出來。」

如果佐原先生和沙霧談戀愛，將會是很震撼的緋聞，如果有人向周刊施壓，阻止這篇報導刊登，當然非我們經紀公司莫屬。

但我們的經紀公司並沒有大到有辦法向周刊雜誌施壓。

「也許是因為時機不對。」

聽說沙霧的粉絲也跟著自殺了，如果是在那之後，記者可能無法報導這件事。

千穗抱著雙臂。

「會不會有另外的可能……那個人並不是周刊的記者？」

「啊！」

我完全沒有想到這種可能性。

「就像我們謊稱是沙霧以前的朋友——雖然不完全是謊話——去向她打聽一樣，也許有人假冒是周刊雜誌記者的身分向她打聽。」

果真如此的話，到底有什麼目的？

我很慶幸千穗願意陪我，她很聰明，可以想到一些我完全想不到的事。

千穗目不轉睛地看著我的臉說：

「蓮美，我們去北海道，去見沙霧的母親。」

「我……」

我現在還不能去見沙霧的母親，而且對方也不會願意見我，但千穗應該沒問題。

「如果妳不想去，我去見她，或許可以問到她父親的事，對不對？」

我用力點頭。

第五章

我自認為見過很多世面。

我曾經和赫赫有名的名人和明星一起吃過飯，也知道華麗的舞臺背後，其實是紙糊的布景。

我是五星級飯店的常客，曾經搭過頭等艙，也受邀成為電影節的嘉賓。

但有時候會不經意地發現，原來我對這個世界一無所知。

之前搭過那麼多次飛機，竟然不會買機票這件事讓我驚訝不已。

我想在網路上購買去北海道的機票，卻陷入了苦戰。

搞不懂為什麼同一天的相同班機，會有好幾種不同的票價。我盯著電腦螢幕陷入了沉思。

我能夠理解艙等不同，票價也不同這件事，但似乎不光是這樣而已。我研究了半天，最後終於倒在床上放棄了。

千穗去週租公寓簽約，我在家裡為去北海道的事作準備。

剛才好不容易訂了一晚的飯店，沒想到在買機票時卡住了。只能等千穗回來，請她幫忙處理。

從十六歲到十九歲期間，我看到的應該是一個扭曲而異樣的世界。

月租十萬圓的狹小套房，和比房租貴好幾倍的衣服和皮包，每個星期都換新的指甲造型，穿上借來的新衣服露出笑容。

但沒有人告訴我，上電視節目和雜誌攝影的酬勞是多少，也從來沒想過發行ＤＶＤ和寫真集時可以抽幾成版稅。即使不去想這些事，世界仍然順利運轉。

當時認為自己無所不能的感覺，如今只剩下空虛。

無所不能。一年之前，我當然不認為自己自我感覺良好，自認為無所不能。如果有人對我這麼說，我一定會大聲反駁。

我對很多缺點感到自卑。比方說，個子太高、長相不可愛，看起來很冷酷、頭髮太多，而且髮質很硬。

如今，我終於知道，那些自卑都只是藉口而已。

因為持續自戀很痛苦，所以我需要列舉自己的缺點，讓自己有喘息的機會。

我知道個子高、長相冷酷都是蓮美的魅力，髮質很硬也不是什麼太大的缺點。

自認為瞭解自己缺點的狀態，讓我感到滿意。

有人說，人無法對自己說謊。這句話並不正確。

每個人都持續對自己說謊。只是並不知道比起對他人說的謊，對自己說的謊言更容易揭穿，還是更牢不可破。

雖然可以忘記別人說的謊，但無法忘記對自己說的謊言。

無論是發現自己的謊言後感到愕然，還是繼續說謊自我欺騙，謊言都會永遠跟著自己。

千穗在傍晚回來了。

「我先租了一個月，再慢慢思考之後該怎麼辦。如果要長住，週租公寓太貴了。」

「妳在大阪時有上班嗎？」

「在當傳播妹，我已經向他們打過招呼了，所以不必擔心，而且也存了一點錢。」

她似乎真的打算留在東京。

我以為她會馬上帶著行李離開，沒想到她盤腿在房間中央坐了下來。

「從北海道回來之後，我就搬去週租公寓，先借我住幾天。」

「為什麼？」

「因為去北海道時，房租不是浪費了嗎？」

「最多只去一、兩天而已，哪有浪費多少錢？」

「但還是浪費啊。」

我想要反駁，但想了一下後作罷。千穗很精明，不會輕易改變主意，而且雖然她突然不請自來，卻的確幫了我的忙。千穗在這裡，對我幫助很大。

如果沒有她，我不可能去見沙霧的母親。

千穗看著休眠狀態的電腦螢幕問：

「機票買好了嗎？」

「還沒有，我搞不懂機票的種類。」

我進入航空公司的網站，讓千穗看購買機票的畫面。她盯著畫面看了起來。

「最貴的是定價，最便宜的機票無法更改時間，還有來回票折扣，以及會員累積里程的折扣，老人折扣等。我們就買有來回票折扣的機票，時間最好能夠變更，但我們不可能只去不回。」

她流暢地向我說明機票的種類。

「妳知道得真清楚……」

「只要買過一次就知道了。不過當藝人的話，經紀人會負責張羅這些事，所以不瞭解也很正常。」

雖然我經常搭飛機，但正如千穗所說，我從來沒有自己買過機票。

簡直就像小孩子一樣，什麼都不會，都要靠周遭的大人張羅。

千穗向星野小姐打聽到沙霧老家的電話。千穗拜託星野小姐，說想要為沙霧上香，星野小姐終於告訴了她。因為只問到電話號碼，還不知道沙霧的母親願不願意見面，必須打電話給沙霧的母親，和她約時間見面。

「妳打電話給沙霧媽媽了嗎？」

「要不要等到了北海道之後再打電話？如果在東京打，我覺得她媽媽會拒絕，說不必特地來北海道。」

「如果突然打電話給她，說已經到北海道了，她媽媽會不會嚇一跳。」

「或許會嚇一跳，但讓她嚇一跳也沒關係啊。人有時候是因為驚訝，才會說出真心話。」

千穗輕描淡寫地說。

「真心話？」

「即使她媽媽不願意說出所有的事，也可以從她的表情和說的話中察覺到端倪。」

我沒有答腔。我沒想到她會說這種話。

她比我年長，而且也不傻，以前曾經聽經紀公司的人說她很聰明。

但是，千穗以前從來不會洞悉別人的心思，也不會事先預測別人的反應。在參加活動一起聊天時，她總是說一些無關痛癢的話。

我們第一次這樣面對面。

我之前有點看不起千穗。因為她都接不到工作，減肥也不成功，雖然有點可愛、有點性感，但感覺腦筋不太靈光。

得知她打算離開經紀公司回老家時，雖然有點難過，但又覺得這樣或許對她比較好。

千穗並不是我想像中的女生，她待人親切、不說謊，而且很聰明。

我突然想到一件事。

「妳在ＫＴＶ時突然說『很痛快』，也是為了讓我驚訝嗎？」

千穗瞪大了眼睛，但沒有立刻回答。

「是……啊。因為那時候我還不知道該不該相信妳。」

我當時做出了怎樣的反應？我因為太驚訝了，完全想不起來。

「當時，妳露出很難過的表情，但並沒有發怒。即使我們就這樣道別，妳也會帶著那種難過的表情回東京，然後一直把我說的那句『很痛快』放在心上。這種人不可能霸凌朋友，把朋友逼上絕路。」

「是嗎？」

千穗將視線移回電腦螢幕。

「但是，我說『很痛快』並沒有說謊。」

「嗯……」

我現在對她說這句話並不感到生氣，相反地，很感謝她實話實說。

我交握著手指說：

「也許我們以前生活的世界，就是這樣的世界。」

「這樣的世界？」

「就像是搶椅子遊戲。」

千穗露出好像喝了苦水的表情。

廣告的數量和電視節目的數量都是固定的，寫真集和ＤＶＤ也不是任何人想出都可以，需求量有固定的範圍。

如果不擠掉別人，自己就無法向上爬。我之所以能夠爬到某種高度，也是因為間接地推開了別人。我曾經接過因為緋聞而被換角的偶像的工作。

如果在手記上寫這些事，必定會有很多人喜歡。

我以前和沙霧在一起時，也曾經有好幾個人似笑非笑地說：「妳們其實關係不好吧？」

但是，那些人不知道。

千穗雖然說「很痛快」，但也會向我伸出援手。即使在一起搶椅子的人，也可以成為朋友。

如果比我更紅、工作也更多的女生——比方說沙霧——胖得不成人形之後來見我，我也會覺得「很痛快」。

但在這麼想的同時，也會盡己所能幫助她。

「搶椅子遊戲。」

千穗微微揚起嘴角，重複了我說的話。

「在我放棄成為偶像回到大阪之後，我覺得自己雖然輸了回到老家，但幸好不是一場輸了就會送命的比賽。」

千穗打算再度參加這場比賽。

千穗握著滑鼠，把臉湊到電腦前。

「那我訂機票囉？沒問題吧？」

「嗯，拜託了。」

千穗可能也想拯救過去的自己，和現在的我一樣。

飛機抵達千歲機場，一走下飛機，立刻被冰冷的空氣包圍。

這裡和熱得讓人委靡的東京、大阪完全不同，穿著無袖襯衫的千穗用手抱著手臂抖了一下。

「怎麼回事啊，簡直就像是冬天。」

「妳也太誇張了。」

雖然很涼快，但在機場內來往的人的服裝和本州沒有太大的差別。不知道是因為大部分的人都來自本州，還是已經適應了這種涼快。

聽說沙霧的老家在札幌郊區。如果沙霧的母親沒有搬家，目前應該還住在那裡。

「晚上去吃拉麵。」

「我們不是來這裡觀光的。」

「吃碗拉麵又沒關係，反正我們本來就要吃晚餐，不是嗎？」

「是沒錯啦。」

如果一切順利，今天和沙霧的母親見面，向她瞭解情況後，明天就可以回東京，但在聯絡她之前，無法瞭解接下來的情況。也許需要在這裡住幾天，反正我和千穗也沒有其他事。

之前整天足不出戶、無所事事時，空閒的時間變得格外沉重。想到明天、後天都將持續相同的生活，自己會慢慢腐爛，就不由地感到恐懼。

如今不一樣了，很慶幸可以為自己自由運用一天二十四小時。蓮美最紅的時候，也無法享受這種幸福。

「那我來打電話給沙霧的媽媽。」

我們在入境大廳的沙發上坐了下來，千穗開始打電話。不能讓沙霧的母親知道我也一起在她操作手機時，我忍不住屏住呼吸看著她。

千穗把手機放在耳邊，向我使了一個眼色。似乎有人接起了電話。

「喂？請問是豐原女士的府上嗎？不好意思，突然打電話叨擾。我叫波木千穗，和沙霧小姐，不，和沙希小姐以前在同一家經紀公司，我們是朋友。」

在千穗身旁就可以感受到她的緊張。

幾秒鐘後，千穗露出了笑容。

「對，沒錯，但我一年前離開經紀公司回老家了……如果您方便，我想去為沙霧小姐上香……我已經到札幌了。」

千穗說話時的表情很柔和。雖然我們作好了遭到拒絕的心理準備，但沙霧的母親至少願意聽千穗說話。

「對，如果您方便的話，現在也可以……當然，明天或是後天也沒關係，只要您方便就好。」

千穗用手指在我面前比了一個圓。我鬆了一口氣。

「真的嗎?那我明天可以上午十點左右去府上拜訪嗎?」

之後,千穗和沙霧的母親討論了見面的地點。

掛上電話後,她轉頭對我說:

「她媽媽說,歡迎我去,沙希一定會很高興。太好了,她媽媽感覺人很好。」

我露出難以言喻的笑容。

沙霧的母親並不是對我說,歡迎我去她家。如果知道我也在旁邊,一定不會這麼說。

「聽說骨灰還在家裡,所以叫我去她家,我會在佛壇前為沙霧上香。」

千穗說完,察覺了我的表情,一臉嚴肅地對我說:

「也許沙霧的媽媽不會發現是妳,因為妳的外形和以前不一樣了……」

「別說了。」

即使沙霧的母親不會發現,我也不想去。

我想要祭拜沙霧的骨灰和牌位,但是,我不想用欺騙她母親的方式完成這件事。即使沙霧的母親當場沒有察覺,如果事後知道,也會很受傷害。這和騙沙霧租屋處鄰居的罪惡感不一樣。

「我會下次再去,等為蓮美澄清冤屈後,我會報上自己的名字去見沙霧。」

我突然很想哭，吸了吸鼻子。

千穗低著頭說：

「……是啊。」

我拿起行李站了起來。

「走吧，先去札幌的飯店辦理入住手續。」

我擠出笑容說道，同時忍不住思考，只是不知道是否會有那一天。

辦理完入住手續，放好行李後，千穗說想要去觀光。

「因為我在高中修學旅行之後，就沒來過北海道。」

「那也沒多久啊。」

「好像三年前？」

在和沙霧的母親見面之前，我們的確無事可做。即使要向沙霧在這裡的朋友瞭解情況，也必須和她母親見面後，請她母親介紹。

「那妳去吧，我留在飯店。」

千穗露出驚訝的表情問：

「妳為什麼不去？」

「我不去了。」

雖然現在已經習慣有事外出，但還不想為了玩樂出門。

「可能會被人發現，即使去了，也沒辦法玩得開心。」
「如果不是直接見過妳的人，應該不會發現。」
「但之前有一次差一點被認出來。」
「是嗎？」
我點了點頭說：
「那個人說我很像蓮美。」
我想起那天硬塞給我名片的那個男人。那天他並沒有對我動粗，之後也沒再見過他。
但是，想到有人可能會認出我，就快被不安壓垮了。
「那個人是妳以前的粉絲嗎？」
我想了一下回答說：
「應該不是。」
「妳為什麼這麼認為？」
「因為他說是在胖妹色情按摩店工作，所以才會仔細打量胖妹的臉。」
「喔，原來是這樣。」
千穗聽了，似乎也同意我的看法。
「那我一個人去，如果有什麼狀況，妳可以打電話，或是傳訊息給我。」
千穗把白底紅條紋的背包斜背在身上，向我揮了揮手，走出了房間。

我很慶幸千穗不是會硬拉著我出門玩樂的人。

如果我假裝自己很開心，心弦就會在某個時間點突然斷裂，變得比之前更痛苦，搞不好會再度不敢出門。

有千穗陪在身邊的確為我壯了膽，但我和她之間有著決定性的差異。

我知道千穗內心也有鬱悶，但是，她並沒有像我一樣，所有的一切都被奪走。她並沒有背負莫須有的罪名，也不需要避人耳目，偷偷摸摸地過日子。

千穗和我不一樣，她的人生可以重來。即使無法實現夢想、對失敗感到痛苦，仍然可以相信下一次挑戰或許會成功。

但是，我根本沒有未來的夢想。

目前的目標就是為蓮美洗刷汙名，但即使能夠完成這個目標，也無法想像接下來該怎麼辦。

即使大家都知道我並沒有霸凌沙霧，但我這個人已經無法擺脫和沙霧的死亡之間的關係，之中也有些陰謀的味道，誰會找這種女生上電視、拍廣告？

我站了起來，把寶特瓶裝的冰涼茶水放在額頭上。

眼前的情況不太妙，心情又開始沮喪，和之前整天關在家裡時的心情一樣。

也許是因為想要接近沙霧的母親，讓我變得有點神經質。

雖然我想上網蒐集資料，但這種時候最好不要勉強自己。房間內有兩張單人床，我躺在其中一張床上，閉上了眼睛。

睡魔立刻襲來。
我陷入淺眠時想道。
是否至今為止的時間都是夢境，當我醒來時，就可以回到沙霧還活著的時候？
我曾經這樣祈禱過無數次，但至今仍然沒有實現。

我被人搖醒。
千穗探頭看著我的臉。前一刻還在作夢，但醒來之後，夢境就消失了。
「蓮美，妳快起來，已經八點了，我們去吃拉麵。」
「八點？」
我竟然睡了五個小時。我慢吞吞地坐了起來。
睡太多時，身體總是很沉重，和早晨神清氣爽地醒來的感覺完全不一樣，全身的空洞都好像被灌了鉛塊。
「妳睡這麼久，晚上會睡不著。」
「嗯……」
我半夢半醒地回答，千穗探頭看著我的臉：
「妳沒事吧？」
「我沒事，但是……有點害怕。」
千穗聽了，瞪大了眼睛。

「我對接近沙霧的母親感到害怕，她一定痛恨我，很希望我可以代替沙霧去死。」
「妳根本沒做那些事，不是嗎？」
「是啊……但別人這樣誤會，就會讓我感到很痛苦。」
我喜歡看到別人對自己展露笑容，別人說我可愛、漂亮是我的精神支柱。這樣也許很膚淺，因為我想要被很多人喜歡，才會站在臺前。
但是，現在只有少數人喜歡我，也許一個也不剩了。
沙霧的母親絕對痛恨我，也許想要向我報仇。
千穗坐在床上。
「我會去向她媽媽問清楚，妳可以留在飯店等我。」
我搖了搖頭。
「不，我要去。」
我已經決定了，所以不想在原地踏步。
我站起來照鏡子。可能因為剛才趴著睡的關係，原本已經夠胖的臉更圓了。
千穗從鏡子中看著我，她的嘴唇動了起來。
「蓮美不是被人扼殺了嗎？」
我驚訝地轉過頭。
「妳之前不是說，蓮美被人扼殺了嗎？眼前的這個人是鈴木昭子。」
我輕輕點頭。

「既然這樣，沙霧的媽媽痛恨的是已經被扼殺的蓮美，並不是眼前這個昭子。」
「蓮美好可憐。」
「所以要為她報仇啊。」
千穗直視著我的臉。
「昭子，妳要堅強，讓我和妳一起為蓮美報仇。」
我茫然地抬頭看著她。
「我相信沙霧也不願意別人偽造她自殺的理由，不是嗎？」
千穗看著我的臉笑了起來。
「所以，我們去吃拉麵。」

結果，我們去薄野一家大排長龍的拉麵店吃的玉米奶油味噌拉麵超好吃。我和千穗兩個人吃得嘴唇都油亮亮，連湯都喝得精光。
「已經九點了，這麼晚吃拉麵，如果菊池先生知道，一定會罵死了。」
「沒關係，反正妳和菊池先生已經沒關係了，妳應該沒打算回焦糖牛奶吧？」
「當然不回去了，那裡是以模特兒和泳裝偶像為主的經紀公司，我以後要當的是演員啊。」
雖然不關我的事，但我覺得她可能會成功。
因為之前去沙霧的公寓時發現，千穗的演技很好。

我接下來該怎麼辦？

目前還不需要急著下結論，在查明沙霧自殺的真相之前，我還有事要做。

但是，當這件事結束之後，我到底該走向何方？

回飯店的路上，我們在還沒有打烊的禮品店買了看起來很好吃的巧克力和餅乾。

片刻的旅行心情讓我感到高興。

沙霧的母親和千穗約在沙霧老家附近的車站見面，千穗買了花和點心，出門去見沙霧的母親。

我和千穗一起前往，在驗票口前才分開。千穗的手機放在口袋裡，和我的手機保持通話狀態。

我可以用自己的手機偷聽沙霧的母親和千穗的談話。

我先走出驗票口，在車站前的石頭長椅上坐了下來，不時看手機，假裝在等人。

千穗走出車站後四處張望。

一個女人走向千穗。那個女人又高又瘦。

她問千穗：

「請問是波木千穗小姐嗎？」

「啊，對，您是沙希小姐的……」

「對，我是她媽媽。」

沙霧的母親比我想像中更年輕，看起來不到四十五歲，五官和沙霧不一樣。她的長相很不起眼，不會讓人留下印象，但和沙霧一樣，有著晶瑩剔透的白皙皮膚。

「我馬上猜到是妳，謝謝妳特地前來。」

千穗慌忙搖著雙手。

「不，我沒做什麼值得您感謝的事……我不請自來，真的很不好意思。」

「不，這是第一次有朋友從東京來看沙希，就連經紀公司的人也沒來過。」

「是這樣嗎？」

「在沙希送去的醫院見了面，當然，即使他們說要來札幌，我也不會讓他們進家門，也拒絕他們來參加葬禮。」

她們離開了車站。我和她們保持距離，跟在後面，以免被察覺。

為了避免手機沒電，千穗身上還帶了錄音筆。雖然我可以在咖啡店等，但還是希望可以更靠近她們。

「呃……焦糖牛奶的……的態度很過分嗎？」

千穗小心翼翼地問，沙霧的母親笑了起來。

「至少不會想再見到他們。波木小姐，因為妳也和他們很熟，所以我不方便多說什麼。」

「不，我已經離開那裡了。」

一陣沉默。千穗似乎很害怕談話出現空白，對沙霧的母親說：

「我一年前離開經紀公司回老家了，之前和沙霧的關係很好，我們還一起去了迪士尼……」

「啊，我想起來了，她曾經提過這件事，說和即將回大阪的女生一起去迪士尼，還在飛濺山被淋得濕透……」

「對啊對啊，我和沙霧都沒有及時穿上雨衣……」

兩個人笑了起來，但隨即被沉默淹沒了。

「原來她連這些事都會告訴您。」

「對啊，她每天都會傳郵件給我，我看了一次又一次，即使她離開之後也一樣。」

她們來到一棟淡紅色外牆的公寓，看起來還很新，屋齡應該不超過十年。

她們走進了公寓，我無法再繼續跟著她們。

我確認了手機的電池，電池還很足夠。我決定一邊聽她們的談話，一邊走回車站。

電話中傳來關門的聲音。

「沙希在這裡，妳來見見她。」

沙霧的母親說到這裡，忍不住哽咽起來。我停下腳步，專心聽著電話。

「沙霧……怎麼會發生這種事……」

千穗也哭了起來。電話中傳來兩次敲鈴聲。

「謝謝，我很高興能為她上香。」

「我也要謝謝妳，有朋友來看她，她一定很高興。」

又是一陣沉默。

「我去倒茶，妳等我一下。」

沙霧的母親說道，接著傳來拉椅子的聲音，所以那裡應該是西式的房間。

「妳能來真是太好了，我打算下個月搬家。我辭了工作，要搬去和她哥哥一起住。」

我記得沙霧曾經說，她哥哥在父母離婚時，和她父親一起住，但她哥哥應該已經成年，想要照顧傷心的母親也很正常。

聽到她不是孤單一人，我稍微鬆了一口氣。

「千穗，妳住在家裡嗎？」

「目前暫時住在朋友家，不久之前都住在家裡，之後也會搬回去。」

「是嗎？妳媽媽真幸福。」

光是聽沙霧媽媽說話的聲音，就覺得心被揪緊了。

「我家有四姊妹，三個人都住在家裡，我爸媽常叫我們趕快搬出去。」

「能夠說這種話，就是一種幸福。」

「也許吧……」

沙霧再也無法回家了。

「呃……我不知道是否方便請教……」

「什麼事？」

「沙霧為什麼……會……」

千穗沒有明確說出她的問題。

「妳是問她為什麼會自殺嗎？對不起，這件事我也不知道答案。」

「經紀公司怎麼說……」

「經紀公司說，雖然無法對外公開，但是因為失戀自殺，說是愛上了一個有妻兒的知名男演員，遭到了拋棄，所以才會自殺。」

我情不自禁握緊了電話。我第一次聽說這件事。

「但是，這根本是彌天大謊，至少我知道這件事。」

她的聲音很平靜。

「他們沒有告訴我那個演員的名字，說什麼會有損於沙希的名譽，叫我不要張揚。誰會相信這種話？那孩子根本不會做這種事。」

千穗緩緩開了口，似乎想要讓自己平靜。

「沙霧有沒有向您提過這些事？」

「從來沒有。而且她那麼忙，幾乎沒有假日，不可能為了和比她年長的男人約會，特地擠出時間。以前讀中學時，只要放假，她就會待在家裡睡覺。」

這無法成為她沒有介入他人婚姻的證據，但是，我也覺得這種說法不自然。要說沙霧和哪一個知名演員走得很近，我也完全想不到任何人。

如果是年輕單身的男人，還可以說出兩個人的名字。其中一個是男演員，很喜歡沙霧，想要約她吃飯。另一個是沙霧說「我喜歡他的長相」的男模，但完全不知道哪個有家室的知名演員和她關係密切。

她能夠隱瞞得這麼徹底嗎？

「那個……談話性節目和周刊雜誌討論的日記，您認為是真的嗎？」

千穗似乎下定決心，問了這個問題。沙霧的母親立刻回答說：

「我不認為是真的，因為不像她的文字風格。她每天都會寄郵件給我，就好像看到臉不會認錯人一樣，文字風格也不可能搞錯。」

我的呼吸快停止了。我不知道是不是可以說自己感到高興。

「但是……」

「而且，那個叫蓮奈的女孩，不對，是叫蓮美，沙希經常在郵件中提到她，說去蓮美家玩，兩個人聊了很久。如果遭到霸凌，不可能對我說這些話。」

我雙腳發抖，幾乎癱坐在地上，慌忙在路旁的樹叢前蹲了下來。

「她說蓮美就像她的姊姊，還說她一直想要有一個姊姊。」

沙霧母親說的話在腦海中迴響，就像是沙霧在說話。

「我也認為蓮美不是這種人，雖然她外表看起來是冷豔美女，但個性很迷糊，和沙霧很像，我也覺得她們像姊妹。」

沙霧的母親幽幽地說：

「真希望沙希換成她的立場。」

「啊？」

「真希望沙希被人說霸凌其他人，然後被演藝圈封殺，被迫回來老家。這樣的話，我會不顧一切保護她，絕對不會讓沙希變成那樣。」

她說話的聲音微微顫抖。

如果母親還活著，會只因為我還活著感到高興嗎？事到如今，已經不得而知了。至少不會像現在這麼孤獨。如果母親還在，我可能會拋開一切逃回家，但也可能只是換一個地方窩著不出門而已。

「我不認為蓮美曾經霸凌沙霧，但還是想問一下，沙霧會不會怕妳擔心，所以假裝和蓮美感情很好呢？」

「不可能，她會直接在郵件中提到她討厭的人，還有和她關係不好的人相關的事。」

「比方說？」

「嗯，她說最多壞話的，應該就是經紀人佐原先生。」

我倒吸了一口氣，千穗似乎也很驚訝。

「佐原先生……嗎？」

沙霧的鄰居說，佐原先生就像是她的男朋友，但沙霧討厭他？

「她還說，她討厭經紀公司的所有人，雖然青木董事長很照顧藝人，但她沒什麼機會和董事長說話。」

「是啊……」

「千穗，妳呢？妳對經紀公司的人印象怎麼樣？」

「因為他們幾乎都不太理我……所以，我覺得很不滿，希望他們可以更賣力推銷我，但因為我自己也有錯，所以不至於討厭……」

「妳也有錯是指？」

「我沒辦法瘦下來之類的，應該和沙霧沒有關係。」

「是喔……」

沙霧的母親小聲嘀咕。

「早知道應該阻止她，即使她哭著說想要進演藝圈，我也絕對不應該同意。」

沙霧曾經說，當初她母親不同意，她離家出走，去了東京。之後漸漸走紅，她的母親才同意她開始演藝活動。

如今發生這樣的結果，任何人都會後悔。

電話中傳來千穗站起來的動靜。

「對不起，我可以打電話給我朋友嗎？」

「好啊，當然可以。」

我聽到了關門的聲音，千穗應該走到玄關外。電話中的聲音突然變近了。

「妳聽到了嗎？」

「嗯，我全都聽到了。」

「妳要不要來為沙霧上香，我相信她媽媽會同意的。」

我遲疑了一下。

「但今天還是算了。」

因為我偷聽了她們的談話，所以沒臉見沙霧的母親。

「是嗎？那我要回去囉？」

這次她真的掛上了電話。

我嘆了一口氣，好像渾身的緊張都放鬆了。

但是，我終於知道了一件事，沙霧並沒有討厭我，我的行為也沒有造成她的痛苦，更沒有因為憎恨我，寫了那些日記。

光是知道這件事，就覺得看到了一線光明。

隔天，我和千穗搭機回到東京。

千穗向沙霧的母親打聽後得知，沙霧進演藝圈後，幾乎和以前的朋友沒有來往。國中時，她在班上遭到嚴重的霸凌，沒有直接霸凌她的同學也都不理她，所以她和以前的同學幾乎斷絕了關係。

「妳不覺得我們這個行業，有很多人都是這樣嗎？」

千穗似乎想起了什麼，有點難過地說道。

不知道是想要彌補某些缺失，還是想要爭一口氣，讓以前欺負自己的同學對自己刮目相看，很多立志成為偶像的女生，都說自己曾經有遭到霸凌的經驗。

搞不好也有很多霸凌別人的女生，只不過遭霸凌的經驗可以說出來和他人分享，但霸凌別人的經驗就無法張揚。因為一旦說出來，藝人的部落格就會淪為戰場，經紀公司也會接到抗議的電話。

太奇妙了。

之前輿論認為我霸凌朋友時，我遭到了各方謾罵，甚至有人口出惡言。既然大家覺得霸凌如此不可原諒，但在現實生活中遇到遭霸凌的人，卻很少有人伸出援手。

不光是同世代的年輕人，就連身邊的大人也視若無睹。

想到網路上那些對蓮美的謾罵，我不由地發抖。

即使沒有證據，只是懷疑蓮美霸凌沙霧，他們就憎恨蓮美，謾罵、輕視蓮美。他們的行為和霸凌有什麼差別？

當自己的周遭有人遭到霸凌時，這些謾罵的人中有多少人會挺身而出，伸出援手？

我閉上了眼睛，靠在飛機的座椅椅背上。

我察覺到千穗看著我。

「妳累了嗎？」

沒有啊。我想要這麼回答，卻發現一件事。

我雖然沒有做任何會疲累的事，但的確很疲累，覺得自己好像變成了一塊破抹布。

我不是身體累，而是心情極度耗損。

聽了沙霧母親說的話，讓我有得救的感覺，卻像是好幾天前發生的事。

就像是黑白棋。原本是白色的心情，只因為一顆黑色的棋子，就全都變成了黑色。只要四個角落的黑棋還在，就很難反敗為勝。

「是啊，有點累，因為都沒睡好。」

這幾天的睡眠的確很淺，所以我並沒有說謊，而且都會昏昏沉沉地作夢，但夢境並不鮮明，醒來之後就不記得了。母親的臉、沙霧可愛的笑容，以及青木董事長躺在病床上的臉像幻燈片般模糊地出現在夢境中。

聽說作夢可以整理人的記憶，這種夢可以整理我亂成一團的腦袋嗎？

現在比之前足不出戶那一陣子好多了，但不知道什麼時候又會回去那裡。

千穗也不知道能夠像這樣陪我到什麼時候。

所以，我張開眼睛，看著千穗說：

「謝謝妳，因為有妳，我才能聽到她媽媽說的話。」

千穗驚訝地頻頻眨眼，她錯愕的表情有點嫵媚。

我在羽田機場的星巴克休息的同時，和千穗討論起來。
「接下來該怎麼辦？」
千穗問我，我不知如何回答。原本以為見到沙霧的母親，可以發現某些線索。
「如果知道那個知名演員是誰……」
千穗的嘴唇離開吸管，把臉湊了過來，小聲地問：
「要問星野小姐嗎？還是佐原先生？」
「妳覺得他們會說嗎？」
他們甚至沒有告訴沙霧的母親，不可能告訴我們。
「果然不行喔。」
千穗輕輕垂下肩膀。
「而且，我認為那絕對是藉口。」
沙霧的母親也這麼認為。雖然我並不瞭解沙霧所有的一切，但太不像沙霧的作風了。
千穗也點了點頭。
「果真如此的話，也搞不懂他們為什麼不揭露這件事，明明可以洗刷蓮……昭子的汙名。」
她沒有提蓮美的名字，是擔心隔桌有耳。
我微微偏著頭。

「是嗎？」

即使發現沙霧介入知名演員的婚姻，也無法證明我沒有霸凌沙霧，只是又多了一個自殺的理由而已。

我無法忘記，在發現隱藏的日記時，星野小姐完全相信了日記內容的真實性，沒有絲毫的質疑。她用輕蔑的眼神看著我，經紀公司也不相信我。

想起這些事，頓時感到極度疲累。

「我肚子餓了。」

我小聲咕噥，千穗微微張大了嘴。

「啊？在千歲機場時，不是吃了拉麵嗎？」

「嗯……」

我應該是在靠食慾消除內心的不安，但即使知道是這種情況，食慾也並不會消失。

如果不是千穗在身旁，我會馬上衝進速食店，大口吃漢堡，但看到千穗冷漠的眼神，就不想這麼做了。

身旁有人陪伴，或許還有這種好處。

走出星巴克時，千穗從皮包裡拿了一樣東西交給我。

低頭一看，原來是一顆牛奶糖。

「這個給妳，在晚餐之前忍耐一下。」

我拆開包裝紙，放進嘴裡，甜味傳遞到神經的每個角落。我深深覺得砂糖是毒品。

但有時候就是需要這種毒品。

回到家後，千穗把在機場買的醬油漬鮭魚卵和花魚放進了冰箱。

「晚餐吃鮭魚卵丼，我要去買些蔬菜。」

雖然她之前說，從北海道回來之後，就要搬去週租公寓，但今天似乎不打算搬家。

我今天也想和千穗在一起。不，雖然也有衝動想要一個人，但如果只剩下我一個人，應該會極度沮喪。

我看著千穗整理冰箱，在電腦前坐了下來。

我之前寄了郵件給那個叫Q太郎的人，還沒有收到回信，雖然那個人很可能不會和我聯絡，但我還是不願意放棄任何可能性。

最近我沒有和任何人互傳電子郵件，所以郵件信箱內總是空空的，但當我確認郵件時，郵件軟體發出了聲音。

我倒吸了一口氣，慌忙點開收件匣，發現有一封寄件人是Q的郵件。我打開了郵件。

「即使妳和我聯絡，我也無法回答任何問題。」

郵件內只有這一行冷漠的內容。我頓時感到失望不已，但下一剎那，我發現還有附加檔案。

我用顫抖的手打開了附加檔案。

那是一張ＪＰＥＧ檔的照片，細長形的照片看起來像是用手機拍攝的。

照片因為手震而有點模糊，照片正中央的是沙霧。雖然她戴著大墨鏡，但可以從白皙的肌膚和尖下巴認出是她。

一個男人站在她的身後。男人個子高大，頭髮幾乎都白了，再怎麼年輕，應該也五十多歲了，也許是六十多歲，他的手搭在沙霧的肩上。

我倒吸了一口氣。

沙霧的鄰居說，有一個像是沙霧父親的人來找她，就是這個人嗎？

但是，千穗之前問了沙霧的母親，得知她的父親並沒有和沙霧見面。沙霧討厭她父親，不想和他見面。

當然，並不能排除她背著母親和父親見面的可能性，但是從照片中感受不到父親和女兒的親密。

是因為他們父女感情不好嗎？既然能夠出入沙霧家，代表他們已經和好了。

千穗可能察覺了我的表情，走了過來。我抬頭一看，發現她手上拿著紅茶杯。

「怎麼了？」

「妳認識這個人嗎？」

我接過紅茶的同時，讓她看照片。千穗皺著眉頭，看著照片。

「不認識，沙霧介入了這個人的婚姻嗎？」

「嗯。」

如果他是知名演員，照理說應該認識，但我不認識這個人，而且他也沒有演員的帥氣，雖然很有氣質，卻只是普通的阿伯而已。

「他應該、不是演員……」

「應該吧……但也很難說，可能很少演電視，是舞臺劇的知名演員，比方說，古典藝能方面的演員。」

如果是這方面的演員，光看臉的確很難判斷。

我陷入了沉思。Q太郎的驗證網站因為有人一再騷擾而關閉，難道是因為這張照片的關係？

果真如此的話，這張照片至少曾經一度在網路上流傳。

青木董事長曾經一再叮嚀我們，照片一旦傳到網路上，就無法再收回來了。照片會被不斷複製，永遠在網海中漂流。

所以他要求我們不要做被拍到就難以解釋的事。

我在搜尋網站輸入了逸見沙霧、外流照片這兩個關鍵字，然後點了搜尋鍵。

在好幾張一看就不是沙霧的假照片中，發現了和剛才收到的相同的照片，男人的臉上畫著黑線。

Ｑ太郎可能擔心那個男人和命案沒有關係，所以在上傳照片時進行了加工。目前不知道Ｑ太郎的照片來源，不知道是自己拍的，還是別人寄給Ｑ太郎的。既然網路上並沒有這張原版的照片，八成是Ｑ太郎透過獨自的管道拿到了這張照片。

如果Ｑ太郎因為上傳了這張照片遭到恐嚇或騷擾，代表這張照片和沙霧的死有關的可能性相當大。

不知道是否因為加工的關係，無法從照片中判斷那個男人是誰，所以網路上也有不少人懷疑是合成的照片。也許是因為真偽難辨，所以才沒有引起廣泛的討論。

我回覆了郵件給Ｑ太郎。

首先感謝Ｑ太郎寄了原版的照片給我，並詢問從哪裡拿到這張照片。我當然不知道Ｑ太郎會不會回覆，更何況Ｑ太郎已經在郵件中明確表達不會再回覆。

但是，Ｑ太郎寄了照片給我，代表可能性並不是零。

寫完之後，我點了寄出的按鍵。

我祈禱可以因此找到某些線索。

但是，吃完晚餐，我去檢查郵件時，發現寄給Ｑ太郎的郵件被退回了收件匣。我搞不清楚是怎麼回事，努力想了一下，試著再度寄出，又確認了郵件的設定後，問了千穗。

「喔，是Mailer Daemon郵件傳送系統退回的。」

「戴蒙？」

「當郵件信箱錯誤，或是伺服器已經爆滿時，就會把郵件退回來。」

聽了千穗的解釋，我終於瞭解，Q太郎寄出那張照片後，就從沙霧的事上收手了。難怪他在郵件上說，不會再回覆任何郵件。

在茫茫網海中，光靠網路暱稱和郵件信箱這兩個線索，根本不可能找到對方。

我記得惡魔的英文是Demon，發音也是「戴蒙」，寄不到對方手上的郵件就像幽靈般在網路上徘徊。

我想起手上的照片，感到困惑不已。

照片上那個人到底是誰？

洗完澡後，千穗開始收拾東西。

雖然她才在我家住了沒幾天，但我的房間內到處都是她的衣服和化妝品。我搬來這間斗室也才不久，所以沒有太多感情，也不覺得被她侵占了。

「我明天會搬去週租公寓。」

千穗在摺衣服時對我說。

雖然是我要求她搬出去，但聽到她這麼說，突然感到很寂寞。我不能要求她不要走，兩個人擠在這麼小的房間，很快就會吵架。

如今，我只能依靠千穗。

不光是因為我很少外出，不想見到任何人這種物理上的原因，我發現自己在精神上也很依賴她。

與其整天膩在一起，讓她對我心生厭倦，我更希望和她保持適度的距離，繼續當好朋友。

而且，我和她不可能一直這樣住在一起。

即使千穗繼續留在東京追尋演員的夢想，我們也不可能像現在這樣每天見面。千穗和我不同，不需要躲躲藏藏，一定會結交新的朋友，展開新的生活。

我突然感到不安。

目前我手上還有存款，能夠整天只想沙霧的事。

但是，總有一天，我必須踏進真實的世界。

我不能躲在家裡吃老本，必須找工作賺錢。

想到這裡，不由地感到害怕。

我和千穗不同，不想再回到演藝圈，但也不知道自己想做什麼，既沒有特別的技術，也沒有任何證照。

不僅如此，我不知道自己是否能夠承受陌生人的視線。

與其恢復原來的身材，承受別人好奇的目光，還不如繼續這樣。

為什麼想要過平凡的生活這麼困難？

半夜，我張開眼睛時，發現千穗探頭看著我。
我嚇得跳了起來。
「嚇死我了……妳怎麼了？」
「對不起，蓮美，嚇到妳了。因為我睡不著，所以想看看妳的臉。」
我內心一驚。之前千穗一直叫我昭子，已經好久沒有叫我蓮美了。
拉開窗簾，發現天色一片漆黑，只有小燈泡的橘色燈光照在千穗的臉上。
我突然想到，千穗來東京，是否還有其他理由？
也許不光是因為她男朋友劈腿、想要追尋演員的夢想，以及想要幫助我，或許還有其他原因。
任何人都無法輕易看透別人的內心世界。
就好像我之前無法察覺沙霧內心的痛苦一樣。
千穗指尖的香菸亮著光，她吸了一口，吐著煙。
「蓮美，妳真的都不知道嗎？」
她突然問道，我不知道她在問什麼事。
但是，苦澀的液體和千穗吐出的煙一起，慢慢向全身擴散。
我想不到任何她認為我可能知道的事。
她在問我，是不是真的沒有霸凌沙霧。
「我一直想問妳，但始終不知道怎麼開口……」

舌頭好像麻痺般無法活動。

我一直以為千穗相信我，不，她沒有不由分說地懷疑我，願意當面問我，還不算是最糟的情況。

「我不知道……」

「是喔。」

千穗吐出的煙飄向上空。

「那就沒事了，對不起，問妳這麼奇怪的問題。」

「不，沒關係。」

其實大有關係，我的內心劇烈起伏。

我的內心充滿不安，千穗的內心應該也充滿了不安。想到這裡，就不知道該如何處理已經擴散到指尖的苦澀液體。

生氣也沒有用，發脾氣也沒有意義。

但是，已經無法再回到過去了。

「對不起，把妳吵醒了。我要睡了。」

千穗捺熄了香菸，用毛巾被裹住了身體。

我再度背對著千穗躺了下來。

雖然很想哭，但千穗在旁邊，我無法哭。

等明天千穗離開後再哭就好。

翌日早晨，千穗和當初來我家時一樣，拖著行李箱離開了。

雖然很難過，但也感到鬆了一口氣。

我知道她的手機號碼，也知道她的郵件信箱，她也一樣。這不是我們之間的生離死別。

但是，昨天之前的那種依賴，和像姊妹般的親密感已經消失無蹤。

千穗無法瞭解我目前處境的絕望和不安，她不瞭解也沒關係。

「謝謝妳，真的已經幫了我很多忙。」

千穗聽了，嘟起嘴說：

「不要說什麼已經，之後我還會繼續幫妳啊。」

「嗯。」

我很感謝千穗的心意，之後應該也需要她幫忙。

但是，不能黏著她、依賴她。為蓮美報仇是我該做的事。

「我還會和妳聯絡，妳做事不要太衝動喔。」

她一副姊姊的態度對我這麼說。

她很聰明，應該已經察覺到我心情的變化。雖然察覺，卻假裝沒有察覺。

我關上門之後想到，即使我大口吞披薩，不在身邊的她已經無法再阻止我。

說難過，的確有點難過，但也輕鬆了不少。

傍晚，我去便利商店買了茶飲和便當。

雖然並不是很餓，但還是挑選了有很多油炸食物的高熱量便當。

一年前的我看到我目前的樣子，一定會昏倒。

以前在電視臺吃便當時，油炸物都會剩下不吃。整天繃緊神經，控制自己的體重。

當時和現在，到底哪一種情況比較正常？

至少我希望可以感受食物的美味，不願意再像之前那段足不出戶的日子一樣，把無味的食物胡亂塞進嘴裡。

我想著這些事，結完帳，帶著請店員為我加熱好的便當走出便利商店。

「蓮美？」

突然聽到有人叫我的名字，我嚇了一大跳，回頭一看。

站在那裡的是上次遇過的那個微胖男人。我從乾澀的喉嚨勉強擠出聲音說：

「我不是蓮美！」

「我知道，但因為不知道妳的名字啊。我問妳名字，妳也不肯告訴我啊。」

「那當然啊！」

我正想離開，他擋住了我的去路，但和我之間保持了距離。他似乎很瞭解如何接近女生，卻又不讓女生感到害怕的方法。

「妳有沒有考慮？」
「我不會去色情行業工作。」
「我不是說這件事，而是說吃飯。我知道一家好吃的大阪燒餐廳，比便利商店的便當好吃多了。」
「不必了。」
雖然聽到好吃的大阪燒餐廳有點動心，但我不至於這麼毫無防備，願意和陌生男人一起去吃飯。
「不一定要今天，明天也可以啊，也可以去吃好吃的中菜。」
「我不去。」
「妳有沒有遇到什麼麻煩？我可以幫妳。」
聽到他這麼說，我很生氣，忍不住瞪著他。
「那如果我叫你去做危險的事，你也願意嗎？」
我以為他會嚇到，但他面不改色地回答。
「可以啊，只要我做得到，我就會做。」
我原本想用這句話嚇唬他，沒想到我自己被嚇到了。
對方果然略勝一籌，最好不要和這種人有任何牽扯。
我推開了他，然後快步離開。
他沒有追上來，但最後說了一句話。
「蓮美，我挺妳。」

我繞遠路回到家裡。

可恨的是，便當完全冷掉了。我頻頻回頭張望，那個男人並沒有跟蹤我。

難道像千穗所說的那樣，他是蓮美的粉絲嗎？

否則，他不會說那句話。

果真如此的話，會讓我因為另一種原因感到憂鬱。無論是被粉絲看到我現在的樣子，或是被粉絲認出，都令人憂鬱。

我決定不再去那家便利商店。

還有其他家便利商店，只是稍微遠一點而已。

——蓮美，我挺妳。

我回想起這句話，一屁股坐在床上，只能嘆氣。

在憂鬱的心情中，竟然夾雜著一絲得救的心情，讓人不知如何應付。

原本以為蓮美的所有粉絲都痛恨我，網路上的留言幾乎都是「我以前是妳的粉絲，但我無法原諒妳」、「我要把妳的寫真集和DVD丟掉」之類的內容，我以為完全沒有人相信我。

但是，即使我沒有出面澄清，也許仍然有人相信我、支持我。

只是我並不會因此就相信那個男人。那是兩回事。

在演藝圈打滾時，我已經知道，越是舌粲蓮花的人越不能相信。雖然也有人認真工作，但也有相同數量的人見縫插針，損人利己。
那個男人身處的行業應該也差不多。
食慾完全消失了，我沒吃便當，就直接倒在床上。

這一天，我一大早就開始打掃。
因為房子很小，也沒有太多東西，所以打掃很簡單。之前住的房子也不大，但家裡堆滿了東西，像是塞不進衣櫃的衣服，以及裝在盒子裡的皮包和鞋子，還有粉絲送的絨毛娃娃。
現在住的地方沒有這些東西，無論用吸塵器吸地，還是擦拭灰塵都很簡單。
吸完地之後，我隨手打開了電視。
事件剛發生時，我甚至害怕打開電視，但現在已經不再害怕。
如今即使打開電視，也從來沒有在電視上看到沙霧和蓮美的名字。大家都漸漸淡忘了，每天都有許多新聞和八卦，誰都懶得再提已經過氣的人。
我很滿意這種情況，但想到沙霧就這樣被人遺忘，忍不住感到心痛。
這很矛盾。因為一旦沙霧的名字出現，我的名字也會跟著出現。
目前還不知道她為了什麼原因走上絕路，即使如此，我仍然希望大家記住她的笑容，記得她那麼可愛和漂亮。
即使有很多藝人都可愛又漂亮，沙霧就像是隨便可以被更換的零件，我仍然希望大家記得她。

她並不是找到真愛，結婚之後離開演藝圈。即使她在演藝圈時和我一樣，都是消耗品，但不能因為這樣，連她生前也被視為消耗品。

我對媒體抱著這種複雜的感情。

不看電視會在意，看了又感到生氣，但至少已經擺脫了連看都不敢看的害怕階段。

電視正在播娛樂新聞。

我正在找遙控器想要轉臺，聽到了主持人的聲音。

「鏡頭捕捉到一位前偶像目前的身影。」

我頓時覺得自己心跳停止。

出現在螢幕上的黑白照片就是我。

照片中的我胖得不成人形，拖著行李箱在走路。

我全身發抖。節目開始進廣告。我用遙控器關掉了電視，但只忍了一分鐘，終於忍不住再度打開了電視。

螢幕上再度出現了那張黑白照片。

絕對錯不了，那是我和千穗一起走在羽田機場時的情景。

橫條紋的洋裝是我去札幌時穿的。

「這張照片是在羽田機場拍到的。鏡頭捕捉到逸見沙霧自殺之後，從媒體上消失了整整七個月的蓮美。」

旁白淡淡地解說著。

「目擊者拍下了她和以前屬於同一家經紀公司，目前已經退出演藝圈的女性一起走在國內線出發大廳的身影。」

恐懼和憤怒同時湧上心頭。偷拍行為太卑鄙了。

電視用分割畫面同時播出了蓮美以前的身影和我目前的照片，螢幕的角落用鮮活的字體寫著「暴肥」兩個字。

這種報導方式充滿惡意，我全身微微發抖。

助理導演正在和經紀公司的人通話。

「蓮美在那之後因為身體出了狀況，回到了老家，雖然和我們定期聯絡，但她說受到很大的打擊，並不希望再出現在臺前……」

電話中的聲音是星野小姐。

也就是說，經紀公司知道我被人拍到了照片。即使他們無法阻止，但至少可以通知我。

想到這裡，我忍不住苦笑起來。

我也對經紀公司說了謊，所以經紀公司已經不站在我這一邊了。

當自己遇到困難時，期待經紀公司會為我做些什麼的想法實在太一廂情願了。

放在茶几上的手機響了，是千穗打來的。

「我正在看電視……」
「我也在看。」
千穗聽到我的回答，說不出話。過了一會兒，才終於繼續說道：
「太過分了……竟然偷拍。」
「嗯……」
我的盔甲被人奪走了，以後很難再自由自在地出門了。
媒體假裝遺忘了沙霧，卻見獵心喜地公布我現在的樣子。
讓我出洋相很有趣嗎？還是想要刺激低俗的八卦心理？
我用力咬著嘴唇，我不想輸給這種勢力。
「……對不起。」
千穗用難過的聲音說。
「為什麼要道歉？」
「如果妳不是和我在一起，應該不會曝光。」
千穗雖然不紅，但也有她的粉絲，熟悉演藝圈的人應該認識她。如果只有我一個人，可能拍攝的人無法確定到底是不是蓮美。
我吸了一口氣。
「別擔心，這不是妳的錯，但我們最近不要再見面了。」
「為什麼？」

「因為我不想被人知道我住哪裡，也可能會有人跟蹤妳。」
如果被狗仔發現我住在哪裡，又會像半年前一樣無法動彈。
「好吧，但如果有什麼新情況，隨時和我聯絡。」
「好，我會用電話和郵件向妳報告狀況。」
雖然我只能依靠千穗，但正因為這樣，現在不能輕易依賴她，造成她的困擾。
我掛上電話，重重地嘆了一口氣。
談話性節目已經開始聊其他偶像的戀愛疑雲。我沒聽過那個偶像的名字，以前也沒見過，腿很長，很漂亮，很像仿生機器人。
她和我或沙霧一樣，只是可以替代的消耗品。受到傷害、痛苦不已，最後身心俱疲的消耗品。
我為這個從來沒有見過的女生的未來祈禱，希望她不會像我和沙霧一樣，而可以在這個會把自己摧殘得體無完膚的亮麗舞臺上，得到自己想要的東西，堅強地生存，或是瀟灑地離開這個舞臺。
眼下比起擔心別人，我更需要擔心自己。
手機又響了，是星野小姐打來的。
「妳看到電視了嗎？」
她沒有打招呼，冷冷地問我。
「看了。」

「我沒想到他們拍到了照片，打電話來的記者什麼都沒說，我以為只是打聽妳的近況而已。」

雖然難以分辨星野小姐這番話的真偽，但姑且認為果真是如此。

「妳來東京了嗎？妳不是在京都？」

她的語氣中帶著責備。

「前一陣子來東京了，我想要和妳聯絡，但因為還沒瘦下來……」

「顯然是這樣。」

她在諷刺我。我輕輕嘆著氣，以免被她察覺。

「問題在於妳為什麼和千穗去那種容易引人注意的地方，難怪會被人拍到照片。」

「我以為身材走樣了，別人不會認出來。」

千穗並沒有很出名，走在街上時，別人也不會多看她一眼。

「總之，妳來公司一趟，我們要談一談。」

我倒吸了一口氣，語氣堅定地說：

「不要。我去經紀公司，可能會被狗仔發現，而且我的心情還沒有平復。」

「那我去找妳，妳告訴我地址。」

「這也……別人可能會跟蹤妳。」

星野小姐在電話的另一頭說不出話。

她可能沒想到我會這麼明確拒絕她。

「我不會犯這種錯，妳也不想想我當了多少年經紀人。」

但是，我已經沒有商品價值了，只要再出一本心情告白的書，就會被經紀公司開除。

「反正我目前還不想和別人見面。」

我不相信經紀公司，更何況佐原先生曾經在奇怪的時間出入沙霧家裡。沙霧的母親說，沙霧很討厭他，所以他們不可能在交往。

「妳倒是和千穗一起去旅行。」

這句話也是諷刺，但星野小姐還沒有想到我去了札幌。千穗之前向她打聽了沙霧老家的電話，也許她早晚會發現。

對經紀公司來說，我的商品價值已經很低了，我也沒有理由巴著經紀公司不放。即使見面，他們也只會逼迫我，寫我根本不願意寫的手記。

「等我有這個心情時，我會和妳聯絡。」

星野小姐重重地嘆了一口氣，她似乎放棄說服我了。

「妳不要做一些奇怪的事，雖然前一陣子大家忘了妳，但現在出現了照片，會有很多人因為好奇想要接近妳。」

原本因為發胖，可以不在意他人眼光自由行動。如今已經被人知道，反而會引來更多好奇的目光，很多事都很麻煩。

「不管怎麼說，妳還是公司旗下的藝人。」

聽到她這句話，我忍不住皺起了眉頭。

「我不想再從事演藝活動，讓我離開吧。」

我可以感受到星野小姐在電話另一頭的驚訝。

事到如今，她還以為我想留在演藝圈嗎？

「妳的合約還沒有到期。」

太奇怪了，挽留我到底有什麼好處？

「公司可以告妳不履行合約。妳不能說走就走，如果想要離開也沒有關係，但要循正常管道。」

她說的正常管道是什麼？

「妳是指要出版心情告白書嗎？」

「更重要的是，妳必須來公司，和菊池董事長談一談。」

雖然我知道，但菊池董事長的名字聽起來格外沉重。青木董事長已經不在焦糖牛奶了。

「而且，妳以目前這種方式離開演藝圈，狗仔會如影隨形，妳以為有辦法做普通的工作嗎？」

她說中了我內心的不安，我無言以對。

「我會找不需要見人的工作。」

「難道妳打算出家嗎？」

她的說法太老派了，我忍不住笑了起來。但是，這個主意很不錯。雖然星野小姐是在挖苦我，但這是個好主意。

如果接下來的人生可以當一個漂亮的尼姑，感覺未來沒那麼糟糕了。

雖然實際做起來，可能沒想像的那麼簡單。

「總之，我現在還不想去，而且也上了電視，我不想出門。」

星野小姐沉默片刻後，吐了一口氣說：

「好吧，但妳一定要聯絡我。」

「我知道了。」

雖然連我自己都不知道什麼時候會聯絡她。

我不經意地確認了郵件，嚇了一大跳。

Ｑ太郎寄來了第二封郵件，郵件完全沒寫任何內容，但和上次一樣，附加檔案中有一張照片。

和上次的照片是同一張，但解析度更高。這張才是真正的原版。

我寫了道謝的郵件，和上次一樣，被退了回來。

Ｑ太郎是故意讓收件匣塞爆，無法收我的郵件的嗎？

我突然想到可以去Ｑ太郎的網站看一下，發現網站也刪除了，甚至連上次的管理員信箱也不見了。

我困惑不已，看著Q太郎寄來的照片。

這張照片可以成為調查的線索，只是不知道這張照片會把我帶向何方，但我決定試試看。

我想起沙霧母親的話。

沙霧曾經和她媽媽聊到我，說我像她的姊姊。

我並不光是為了蓮美，才想要調查沙霧的死亡真相。

我想要在謊言中找出真實的沙霧，雖然我不知道她是否願意，但在目前充滿謊言的狀態下，我無法真心為她的死哀悼。

閉上眼睛，她的臉龐出現在眼前。

沙霧遠遠地站著，對著我露出微笑。

第六章

我把照片放大。

雖然是手機拍的照片，沒想到解析度很高，放大之後，發現了許多原來的尺寸中無法察覺的細節。

這張照片似乎是在飯店大廳拍攝的，後方看起來像是飯店的櫃檯，最重要的是，我對照片中的水晶燈有印象。那是新宿一家外資飯店，之前經常去那家飯店接受採訪和拍攝工作。

幽會。我腦海中浮現這個單字。我也中了周刊雜誌的毒。

幽會時，去高級飯店比較不會被人發現。為了避免被人看到兩個人在一起，櫃檯會分別給兩個人鑰匙卡。雖然我沒有這方面的經驗，但以前合作過的年輕女星這麼告訴我。

雖然那名女星的行程被電影和電視劇排得很滿，但她仍然會擠出時間去聯誼和約會。

我當時回答說：「每天都累死了，根本不想做這種事。」

她很受不了地對我說：「我們只有現在很受歡迎，要趁自己的商品價值還在高點時，趕快找一個好男人。」

當時，我對她的精力旺盛和貪婪感到驚訝，但也許沒有那種強悍，就無法在這個行業生存。

她至今仍然在電視上笑得很燦爛。

我把記憶趕到腦海深處，仔細打量著照片。沙霧穿了一件薄紗洋裝，應該是夏天，但她手上可能拿著大衣。如果是去那裡拍照，經常需要穿不符合季節的衣服。男人的西裝難以判斷季節，正當我想要放大看衣服的材質時，發現他領子上有一個小型徽章。

可能是公司的徽章。我以徽章為中心放大。

照片因為手震而有點模糊，無法看得很清楚，可以看到白色的徽章上有一隻黃色的鳥。

我把網路上的照片放大觀察，但因為解析度太低而無法判斷。

我在網路上輸入了「公司徽章」和「黃色的鳥」這兩個關鍵字搜尋，發現了大型食品公司賽門食品的名字。沙霧接了這家公司的冰棒廣告。

我稍微鬆了一口氣，沙霧也許是為了拍攝工作去那裡。

但是，在拍廣告時，會和那家公司的員工在飯店見面嗎？拍攝工作幾乎都是在攝影棚進行，拍攝廣告前的拜訪和開會也都是去公司。

至少我不曾有過這樣的經驗。

我拿起手機，傳了電子郵件給千穗。

「妳知道沙霧的爸爸是做什麼的嗎？該不會在賽門食品上班？」

千穗立刻回覆了我。

「應該不是，她之前說是學校的老師。」

這個人不是沙霧的父親。如此一來，消除了一個可能性。

漸漸浮現的可能性讓我感到不舒服，我不願意面對，但如果不願面對，就代表要放棄追求真相。

沙霧在生前是別人的情婦。不知道僅此一次，還是持續的關係。如果沙霧的鄰居看到的「父親」就是這個男人，很可能是持續的關係。

沙霧除了代言賽門食品的廣告，也接演了由賽門贊助的電視劇的演出。

越想這些事，內心的不愉快就不斷膨脹。

像沙霧這麼漂亮的女生沒有理由去做這種事，即使不當別人的情婦，應該也可以接到很多其他的工作。

還是說，有什麼工作以外的原因？比方說，她喜歡對方，或是為了金錢的問題。

我的思考在原地打轉，最後把所有的想法都放進一個大箱子，蓋上了蓋子。

即使再怎麼想，也無法想出結論，而且我不喜歡這種好像在貶低她的感覺。

我無法得知沙霧的心情。

但是，如果沙霧成為別人的情婦，經紀公司不可能不知道。

我躺在床上，閉上了眼睛。

經紀公司要求我去公司一趟，既然這樣，也許去一趟也不失為一種手段。

我想了很久，遲遲無法決定要搭電車還是計程車。

考慮到以後的事，我不想太浪費錢，但之前談話性節目把我目前的樣子曝了光，我不想走進人群。

焦糖牛奶位在表參道的中央，如果要去那裡，很難不被人看到。

即使搭計程車去，也未必能夠保證安全。

和司機長時間坐在狹小的車內，司機很有可能會發現我就是蓮美。與其這樣，還不如搭電車，混在人群中比較好。

我舉棋不定，忐忑不安。反正會被發現的時候就會被發現，不會被發現時就不會被發現。

煩惱了一陣子後，我決定搭電車前往。和司機長時間坐在計程車內很不自在，司機也可能找我說話。如果搭電車，只要察覺到有人看我，就可以馬上下車。

我挑選了俗氣而不起眼的衣服，頭髮用橡皮圈綁了馬尾，沒有化妝。如果戴墨鏡和帽子，反而會引人注意，所以我只戴了眼鏡和口罩。

在別人眼中，應該只是一個高大邋遢的女人，但我自己無法判斷，真希望自己矮一點，就不會這麼引人注目了。

走在路上，覺得每個人都在看我。
我低頭快步走著，搭電車時也沒有坐下，而是站在角落的位置。
我並沒有太多奢求，卻連微小的心願都無法實現。
只希望別人放過我，讓我靜靜地過日子。
搭電車時，我始終屏息斂氣。
好不容易來到經紀公司門口時已經筋疲力竭。雖然比約定的時間提早了十分鐘，但我不想在外面打發時間。
我沒有搭電梯，沿著樓梯走上四樓。
以前可以輕鬆走上四樓的樓梯，現在慢慢走上去，就上氣不接下氣。
推開經紀公司的大門時，我不由地停下了腳步。我以為自己走錯了，趕快確認了公司的名字。
原本辦公桌都雜亂地排放，如今變成了漂亮的辦公空間。辦公桌之間都用隔板隔開，空間變得很寬敞，插著鮮花，咖啡機放在明顯的位置。
應該是根據菊池董事長的喜好重新裝潢過了。
一個年輕女人拿著資料走了過去，滿臉狐疑的表情看了我一眼。我沒見過這個人。
我走進經紀公司，卻好像踏進一個陌生的地方。

這時，剛好看到星野小姐站起來，她也發現了我，向我招了招手。

「妳過來這裡。」

她帶我去了會客區，那裡放著白色桌椅，感覺好像在咖啡店，桌上插著黃色非洲菊。

「我還以為自己走錯地方了。」

「員工也換了不少，很多人妳應該都不認識。」

也是因為換了老闆的關係嗎？我想要發問，星野小姐走向咖啡機，把我留在那裡。

她端著咖啡走了回來。

「老闆快回來了，妳等他一下。」

我點了點頭，喝了一口咖啡。

「對了對了，有寄給妳的信，我整理好了，回家的時候記得拿。」

「信嗎？」

「對，我打開看過了，把一些很過分的信處理掉了。」

「謝謝。」

以前我在經紀公司時，星野小姐就會為我過濾粉絲的來信，如果上面寫了令人不舒服的內容，就會預先丟掉。

現在應該大部分來信都要丟掉吧。我感到有點鬱悶。

菊池先生在比約定時間的兩點晚十分鐘左右回到了公司。

他擦著汗走進公司，在我對面坐了下來。

「妳胖了真不少，一個月內瘦下來。」

我有點想笑。

只有絕食，才能在一個月內減掉增加的二十多公斤體重，搞不好連絕食都沒辦法做到。

他不僅不瞭解現實，甚至覺得自己還有權利對我發號施令，讓我覺得很好笑。

「我不想再回演藝圈了。」

菊池先生聽了，露出驚訝的表情，星野小姐小聲地道歉。

「對不起，我試圖說服她。」

「妳在說什麼啊？難道不覺得可惜嗎？妳之前那麼紅，也有很多粉絲。」

我感到很不可思議。

他比我在這個行業更久，應該比我這個當事人更能夠冷靜地看清楚目前的狀況。我的形象已經到了谷底，根本不可能回到從前。

如果我有絕佳的歌喉，或是演技精湛，或許還有機會，但我兩者都沒有。

有那麼一剎那，我以為只要努力，也許可以回去，可以回到光鮮亮麗的舞臺。

「也許妳很受打擊，但妳的粉絲還在，也不時有人對我說，希望妳復出時通知他們。」

我差一點動搖，但是，另一個我遠遠地看著這樣的自己。

「只要寫手記就好了嗎？我只會實話實說。」

菊池先生搖了搖頭。

「手記等妳有心情寫的時候再寫就好，總之，妳先瘦下來，只要恢復原來的身材，工作就會再度上門。」

星野小姐露出一絲責備的表情看著菊池先生。

由此可見，他說的只是花言巧語，只是廉價的保證。

我很清楚，這個行業的漂亮女生多如牛毛，有些人可以留下，有些人無法繼續留在這個行業。

我也不知道兩者之間到底有什麼差異。

「我知道了，我會努力。」

我這麼回答，連我也不知道這句話是否出於真心。然後，我開口問：

「你們知道沙霧為什麼會自殺嗎？」

星野小姐對我露出了責備的眼神。

菊池先生面不改色地說：

「她太脆弱了，不適合這個行業。」

「什麼意思？」

「她介入別人的婚姻，對方向她提出分手，她就自殺了。」

「那日記又是怎麼回事？」

「妳問我，我也不可能知道啊。不知道是她寫的，還是有人在搞鬼。」

菊池先生顯然很不高興。

「妳趕快忘了她的事，妳只要想自己的事就好，只要思考自己未來的幸福就好。」

我再度動搖起來。如果可以這樣，不知道該有多好。

從沙霧死去的那一天開始，我就在原地踏步，完全沒有前進。但是，我同時忍不住思考，我的幸福到底是什麼。

如果任何心願都可以實現，我希望能夠回到母親還活著的時候，即使不當偶像，只要能夠和母親在一起就好。

至少希望可以回到沙霧還活著的時候，即使變成不紅的偶像，接不到工作也沒有關係。

我該問他們，沙霧介入誰的婚姻嗎？

但是，看他們的態度，一定會裝糊塗，如果一再追問，會讓他們產生警戒。

「如果我瘦下來，回到經紀公司，有讓我復出的規劃嗎？」

聽到我這麼問，他們臉上的緊張消失了。他們可能以為我打算重回演藝圈。

「當然啊，只是一開始不可能回到以前的地位，可以在電視劇裡演一個小角色，慢慢適應業界。」

雖然我假裝很順從，但心裡覺得與其等我重新站起來，經紀公司還不如重新培養一個沒有負面形象的新人更快。

「但是，如果妳想回來，就不能挑工作，又要再拍泳裝照，也可能要去小鋼珠店參加促銷活動。」

我以前曾經聽人說過小鋼珠店促銷活動的事，聽說收入很不錯。

於是，我終於知道。

菊池先生並不是真心認為我可以再度成為偶像，他和星野小姐一樣，只是想趕快把暴跌的商品換成現金。

為什麼發現這件事之後，心情反而比較輕鬆？

我點了點頭說：

「我知道了，我會努力。」

菊池先生笑著把手放在我的肩上。

「那就拜託囉，我們一起努力。」

我擠出一個最燦爛的笑容。

離開時，佐原先生說要開車送我。

雖然想到不必像去程這麼緊張，暗自鬆了一口氣，但我還沒有相信公司的人，所以決定讓他送我到前一個車站。

我以前在經紀公司時，也和佐原先生沒有太多交集。他一臉溫和，但又聽說他經常出入沙霧家。

也許他知道某些我所不知道的事。

佐原先生在開車時一直不停地說話。

他說自己有兩個女兒，分別讀小學二年級和幼稚園，還告訴我去參加兩個女兒運動會的情況。我不知道他為什麼對我說這些事，有點不耐煩，但還是附和著。

沙霧的母親說，沙霧討厭佐原先生。只不過難以判斷真偽，如果沙霧介入了佐原先生的婚姻，也許會在母親面前故意假裝討厭他，以免引起懷疑。

佐原先生繼續聊著女兒的事，感覺好像害怕我問他沙霧的事。

我也猶豫著，不知道該不該問他。如果他和沙霧的死有關，我不想打草驚蛇。

雖然我們完全沒有提到沙霧，卻覺得她和我們一起坐在車上。幻影的沙霧在副駕駛座上轉過頭，把食指放在嘴唇上，對我露出微笑。

她的意思是要我不要問嗎？那我就不問了。

佐原先生突然問我：

「蓮美，妳不回老家了嗎？」

「咦？」

他突然問起我的事，讓我有點不知所措。

「妳老家不是在關西嗎？妳不打算再回去了嗎？」

「……我還沒決定。」

我真的不知道。我不是不想回去，只是那裡只剩下空房子，母親已經不在了。雖然有幾個朋友，但已經有很多年沒見面了。

那裡只剩下空房子，只因為我在那裡長大，就可以稱為故鄉嗎？

我必須思考以後的事。接下來該如何生存？該在哪裡生活？雖然不知道是否能夠在我想要生活的地方生存下去，我甚至不知道自己現在想要的是什麼。

「我這麼說，老闆可能會生氣，但我認為妳最好還是回老家。」

「啊……」

「雖然老闆希望妳做各種工作，但不會再像以前一樣，有廣告和時尚雜誌的工作上門了，因為我覺得讓妳心存希望很可憐，所以才告訴妳。」

我並沒有心存希望，相反地，把話說清楚，反而讓我更安心。

「是啊……」

「妳有什麼打算？」

「目前……還不清楚。」

「我覺得妳最好還是回老家，繼續留在東京，只會帶來不愉快的回憶而已，還是回外縣市平靜地過日子比較好。」

我注視著他的後腦勺。

「佐原先生，你是東京人嗎？」

「我嗎？對啊。」

所以他會區分東京和外縣市，生活在東京，幾乎不知道外縣市的情況。

沙霧的事和我的事已經傳遍全國，即使回到老家，也同樣會遇到不愉快的事。

「所以，我沒有老家可回，有老家可以回去的人，最好還是回家。正因為可能會發生這種事，青木董事長才不願意公開藝人的本名。即使妳去問青木董事長，他也會告訴妳說，這樣比較好。」

聽到青木董事長的名字，我感到心痛。我想再去見他。

佐原先生說的話或許也有道理，但是，還有更重要的事。

他希望我回京都。

菊池董事長和星野小姐希望我繼續留下來工作，只有佐原先生有不同的意見。這代表什麼意思？只是個人的見解不同嗎？

——佐原先生，你為什麼半夜去沙霧家裡？

疑問已經衝到喉嚨口，但我默默把它吞了回去。

那天晚上，電話響了，是千穗打來的。

「怎麼樣？妳還好嗎？」

她的聲音一如往常的開朗，但可以察覺到她的緊張。她用開朗掩蓋她的關心和不安。

「嗯，我沒事，我去了公司，應該沒有人發現我。」

因為我都低著頭，所以無法確定，但因為沒有人對我說話，所以我希望是這麼一回事，否則我會無法呼吸。

「公司的情況怎麼樣？有沒有什麼新發現？」

「沒什麼特別的事……只是叫我趕快減肥復出。」

「誰說的？」

「菊池董事長，但佐原先生勸我還是回老家。」

「是喔……」

氣氛似乎有點僵。我不知道原因，所以感到不知所措。

「妳打算復出嗎？」

「我才不要，即使復出，也只是惹人討厭……」

「但妳想澄清誤會。」

在我內心，覺得澄清誤會，讓大家知道我並沒有霸凌沙霧，和重回演藝圈是兩回事。

「蓮美，真羨慕妳，他們會叫妳再回去。我當初離開的時候，他們根本沒有挽留我。」

「但他們叫我寫手記，還說要去小鋼珠店促銷。」

做這種工作的話，知名度越高越好，即使曾經發生過醜聞也沒有關係。只要在大音量的音樂和香菸的煙霧中，和並不是來見自己的民眾一起拍照、露出微笑就好。

如果能夠以此為基礎，走向自己的目標當然很不錯，問題是我已經失去了目標。我很想和千穗交換身分。她沒有任何汙點，可以朝向目標勇往直前，但是，她並不這麼認為，這件事讓我感到不解。

「有沒有聊到沙霧的事？」

「並沒有聊太多……啊，但照片的事有進展，和沙霧在一起的好像是賽門食品的員工。」

千穗聽了，似乎有點驚訝。

「沙霧拍了他們的廣告。」

「是啊，所以可能是工作，還是……」

我把「情婦」這兩個字吞了下去。即使只是懷疑，也似乎在貶低沙霧。

短暫的沉默後，千穗開了口。

「我今晚可以去妳那裡嗎？我有非告訴妳不可的事。」

「不能在電話中說嗎？」

「嗯……不方便。」

我握緊了手機。

「我想應該沒有被跟蹤，我今天注意觀察了一天。」

即使狗仔知道千穗和我有聯絡，可能還沒這麼快查到千穗住的週租公寓。

「好啊，妳幾點來都沒關係，我等妳。」
「那我現在就過去。妳吃飯了沒有？要不要我帶便當過去？」
「嗯，拜託了。」
因為太緊張了，所以忘了吃飯。想到可以和千穗見面，全身的緊張都放鬆了。
她在三十分鐘後出現，手上拿著外帶的便當。
我倒了茶，兩個人坐在小桌子旁。千穗買了炸雞塊便當和壽喜燒便當，她說我可以選自己喜歡的，所以我選了炸雞塊便當。
吃到一半時，千穗開了口。
「我今天又去了沙霧的公寓，經常去她家的果然是佐原先生。」
我驚訝地抬起頭。
「妳給鄰居看了照片嗎？」
「對。還有，鄰居說是她爸爸的，也是照片上的男人。」
我的心一沉。既然是這樣，就不可能是在工作時被拍到那張照片。既然那個男人出入沙霧家，代表不光是工作上的關係。
「沙霧介入男演員的家庭是謊言，其實是和贊助廠商的員工有一腿嗎？」
老闆他們為了保護贊助廠商，對沙霧的母親說了謊。
完全有這種可能。焦糖牛奶旗下還有很多藝人和模特兒，必須設法讓贊助廠商起用她們。

賽門是很多節目的贊助廠商，絕對不能交惡。

千穗沒有回答，咬著醃黃蘿蔔。

吃完便當，千穗仍然沉默了很久。

我在泡紅茶時，等待千穗主動開口。既然是電話中不方便說的事，見了面，應該也很難啟齒。

也許她想回大阪。雖然這樣我會很難過，但我沒有權利阻止她。

我把泡得很濃的奶茶放在她面前，她才終於開了口。

「妳以前有沒有聽說過，焦糖牛奶有一個公主。」

「公主？」

這個字眼只能聯想到沙霧。雖然我沒有這麼叫過她，但曾經聽過經紀公司的其他藝人這麼稱呼她。

——沙霧是公主啊。

她身材苗條，皮膚白皙，臉頰有一抹粉紅色。她完全配得上公主的稱呼。

因為我覺得自己是沙霧的朋友，所以沒有這麼叫她。因為這個稱呼不光是讚賞，更帶有一絲揶揄的味道。

涉世未深、在溫室中長大、傲慢。雖然這些並不是太大的缺點，但如果連朋友也這麼稱呼自己，心裡應該不太舒服。

「妳是說沙霧吧？」

千穗雙手捧著馬克杯，吹著熱氣。

「我以前也一直以為是她，其他人應該也這麼認為。」

「以前？」

既然是以前這麼以為，代表並不是這麼一回事嗎？

千穗露出一絲落寞的笑容。

「公主就是不需要晚上去交際應酬的人，不需要被贊助廠商、電視臺的人找去握手、摸屁股，有時候還要去飯店的人。」

「啊……？」

我覺得自己無法呼吸。

「焦糖牛奶只有一個公主。這是菊池先生說的，所以絕對不會錯。我們一直以為沙霧是公主。」

公司從來沒有要求我做過這種事。

雖然曾經和廠商吃飯，相互認識，但每次青木董事長和星野小姐都會陪我，從來沒有發生不愉快的事。

「但其實我們都誤會了，沙霧不是公主，妳才是。」

千穗看著我的臉，緩緩地說道。

「我……」

我無法順利把「公主」這個字眼和自己連結在一起，但是，如果千穗說的公主是這麼一回事，我的確沒有用這種方式去交際應酬過，經紀公司也從來沒有要求我做這種事。

我一直以為這很正常，也是理所當然的事。如果像千穗所說，只有一個公主，就代表除了我以外的所有人，都和我不一樣。

千穗和沙霧也不例外。

「我一直覺得很奇怪，聽到佐原先生深夜去接沙霧時，我立刻想到是這麼一回事，但妳完全沒有想到這種可能性，看了照片之後也一樣。我猜想沙霧應該是在做那種事，但妳完全沒有提過那種事，而且也好像根本不知道。」

我恍然大悟，千穗那天問我：「妳真的都不知道嗎？」並不是指霸凌沙霧的事。她在問我是否曾經用身體去交際。

「我這才終於發現，原來公主不是沙霧，而是妳。只有一個公主，沙霧並不是公主。」

「沙霧……被要求做那種事？」

千穗微微撇著嘴唇。

「那種事嗎？是啊，在從來沒有做過那種事的人眼中，的確覺得是那種事。」

聽到她聲音中的怒氣，我才發現自己失言了。原來千穗也做過相同的事。

「對不起……」

「妳不要道歉，這樣反而會讓我更生氣。」

她突然把頭轉到一旁。

「但是，我要聲明，並不是經紀公司逼迫我們，不要覺得我們是受騙上當的可憐女生。我們很清楚是怎麼一回事，只是把可以接到工作的好處和不愉快放在天秤上衡量而已。蓮美，妳應該也做過自己不喜歡的工作吧？」

當然做過很多不開心的工作，有些劇本根本讓我出糗，有些工作要求我穿上短裙，只是露大腿而已。

但是，我知道那只是工作。既然千穗也這麼想，就不應該覺得她很可憐。

「我之所以沒有成功，是沒有充分運用自己得到的機會，並不覺得自己被欺騙或是被玩弄了。」

雖然可以從她的語氣中感受到心痛，但擅自為她的心情增加其他色彩很失禮。發生在她身上的事，該由她自己判斷。

「如果為了成為演員，必須再這麼做，我還會再做同樣的事。」

千穗語氣堅定地說。

這是千穗的想法，我已經瞭解了，但沙霧呢？

「沙霧她……？」

聽到我的聲音，千穗露出驚訝的表情。

「沙霧……我不知道，她也許非常討厭，覺得無法忍受。」

「如果她不願意，有辦法停止嗎？」
千穗皺起眉頭。
「如果因為這種交際方式接到工作，之後那個工作仍然持續，恐怕會很難拒絕。」
沙霧的鄰居說，佐原先生經常晚上去找沙霧，像她父親的人也經常去她家。可見並不是偶然而已。
即使千穗願意忍受，也不知道沙霧能不能忍受。
如果迫於無奈，感受到的不光是不愉快而已，應該同時產生了恐懼和絕望。
但是，我還有其他疑問。
「為什麼只有我……？」
為什麼只有我可以當公主？是因為青木董事長很照顧我嗎？但是，他也很疼愛其他藝人。
「因為妳不必這麼做，也可以接到工作啊，代表妳很紅啊。」
千穗話中帶刺。
「沙霧接不到工作嗎？我覺得不可能。」
「即使有工作，如果經紀公司希望她能接更高層次的工作，就會要求她去交際。妳的情況可能不一樣，雖然有工作，也很受歡迎，但經紀公司並沒有那麼積極想要捧紅妳。」
我同意千穗的意見，當時經紀公司力捧沙霧，所以大家都以為她是公主。

我也許只是因為偶然，經紀公司才沒有要求我用這種方式交際。

千穗喝完奶茶，把空杯子放在桌子上，用力坐在床上。

「昭子，妳之前為什麼想當偶像？是因為被星探發現嗎？」

「這也是原因之一……但我覺得很酷，覺得那些長得漂亮，穿著漂亮衣服，露出充滿魅力笑容的女生很酷……」

「我也一樣，我也想成為那種女生。我家很窮，父母不太幫我們買衣服，而且我妹妹比我高，我經常要穿她的舊衣服，簡直糟透了。」

千穗小聲笑了起來，她聲音中的刺已經消失了。

「所以，我暗自下定決心，一定要靠自己的力量趕快長大，穿上漂亮的衣服。我覺得即使父母再怎麼大力反對，只要自己的決心不動搖，就可以獲得成功。」

「我能理解。」

「我現在也這麼認為，只是想法稍微有點改變了。」

千穗直視著我。

「我要找到自己的立足之處，即使不是那種光鮮亮麗，讓粉絲狂熱的偶像也沒關係，當一個一般人不認識的演員也沒關係，只是演一個小配角，或是演屍體也無所謂。我無論如何都要擠進這個世界，然後緊緊抓住不放。」

千穗說完笑了起來，感覺渾身充滿了生命力。比起以前像人偶般露出微笑的時代，現在的她更有魅力。

她整個人都很閃亮，我的心隱隱作痛。我也希望可以像她那樣笑。

「雖然妳說蓮美已經死了，但我覺得她並沒有死。這個世界也有蓮美的立足之處。蓮美可以在充分說明、證明和沙霧的死毫無關係之後，從小鋼珠店的促銷活動開始接工作也無妨啊。」

千穗的話很有說服力，如果我可以相信，不知道該有多好。

她看了我的表情後，露出為難的笑容。

「對不起，我太多管閒事了，但是，我是真的這麼認為，不是在奉承。」

「嗯，謝謝妳。」

是因為我迷失了未來，所以千穗的話也無法打動我嗎？

即使如此，我仍然覺得千穗的決心很了不起。她吞下了痛苦，決定繼續往前走。

雖然我很羨慕，但那並不是我的未來。

千穗離開後，我獨自思考著。

我能夠理解經紀公司的藝人為什麼會誤以為沙霧是公主，因為我經常接拍泳裝照或內衣照這些暴露身體、賣弄性感的工作，不像沙霧看起來那麼清純。

我喜歡別人把我的身體拍得美美的，所以除了全裸照以外，我願意接所有的拍攝工作，也出了好幾支針對男性族群的性感ＤＶＤ，和清純形象相去甚遠。

但是，沙霧心裡很清楚。

她很清楚自己並不是公主，也知道我並沒有做晚上的交際工作。

如果她痛苦不已，甚至為此結束自己的生活，也許同時對我恨之入骨。

我想起那些很不自然的日記。雖然日記的內容充滿謊言，卻有不少只有沙霧才能拍到的照片。

那些日記可能出自沙霧之手。

她在了結自己生命的同時，想把我也拖下水。

果真如此的話，就不該繼續追查真相，就讓一切塵埃落定。

但這也代表無法證明蓮美的清白，因為為蓮美恢復名譽，就等於把沙霧打入更深的黑暗之中。我做不到。

我臉色發白，茫然地站在那裡。

我該何去何從？

第七章

如果沙霧果真是自殺，自殺的原因會破壞她的形象，我就不能繼續追查。我不願意為了洗刷蓮美的汙名，不惜犧牲沙霧。

佐原先生叫我「最好還是回京都」，他可能猜到了沙霧自殺的原因。

接下來該怎麼辦？

即使聽佐原先生的話回到京都，也無法從頭開始過全新的生活，因為很多人都認識我。

啊，又來了。我忍不住想。

我就像踩到了滑動的沙子般，心情不斷墜入深淵，身體無法動彈，思考也完全停擺。

和沙霧自殺的那天一樣。我很熟悉這種墜落的感覺，正因為如此，所以很想任憑身體繼續下滑。

如果可以這樣什麼都不做，什麼都不想，整天昏昏沉沉地睡覺，不知道該有多輕鬆。肚子餓了，拿起食物大口吞食，完全不管味道，然後再度回到床上躺著不動。

這樣不是很好嗎？一個陌生人在腦海中呢喃。
目前還有存款，還可以這樣過好幾年，只是之後該怎麼辦就不得而知了。
未來的事，想了也沒有用。
沒有人能夠保證，世界不會突然對自己張牙舞爪，就像半年前那樣。
我在床上閉著眼睛。
誘惑太誘人，我很想隨之而去。
反正這個世界上沒有任何人需要我。

當我醒來時，發現已是深夜。
我記得自己曾經多次起床上廁所、喝水，但並沒有看時鐘，我似乎睡了整整一晝夜。
我感受到猛烈的飢餓。
我從床上站起來時有點頭暈，我撐著身體，等待暈眩過去，然後打開冰箱。
柳丁、礦泉水、醬油和橘醋醬。我翻找著可以馬上下肚的食物，但只找到乳酪。乳酪和柳丁無法填飽肚子，雖然無法像別人形容的那樣，餓得可以吃下一頭牛，但如果現在眼前有一頭豬，我應該可以殺了之後吃光。
時間已是一點半，只能去找目前還營業的店，如果全都打烊了，就去便利商店買東西回來吃。

走出家門，發現外面冷得我渾身發抖。我又回到房間，披了一件連帽外套。

我喜歡夜晚。沒有人看我，沒有人注意到我。

夜晚很溫柔。讓平時完全隔絕的世界和我之間稍微有了交集。

我完全瞭解為什麼罪犯喜歡在夜晚出沒，我和罪犯一樣，也想要避人耳目。

以後我恐怕也無法正常工作、結婚了。

我一輩子都無法擺脫霸凌朋友，逼朋友走上絕路的標籤。

我想要找速食店，和營業到深夜的便當店，但都沒有找到。雖然有牛丼店，但我沒有勇氣走進燈光明亮的店內點牛丼便當，然後帶回家。

我走進便利商店，直奔便當架。架上只剩下壽司捲和三明治這些無法引起食慾的食物。

對了，我去買泡麵。正當我這麼想時，聽到一個聲音。

「蓮美，最近還好嗎？」

我猛然回頭，發現是之前見過幾次的那個微胖男人。他一看到我的臉，立刻舉起雙手，做出投降的動作。

「我什麼都不會做，妳別生氣。」

「我沒生氣。」

我轉過身，繼續物色泡麵。

「妳會吃泡麵這種東西？對皮膚不好吧？」

我不理他，把泡麵放進購物籃。我挑了五、六個，這樣就不必一直出門了。

他不發一語地站在我身後，當我走去放茶飲的貨架時，他也緩緩跟了過來。

「你幹嘛？」

我狠狠瞪著他，他看向窗外說：

「可能是我多管閒事，但有人跟蹤妳。」

「啊……」

「我剛才在外面看到妳，所以就跟在妳身後，發現還有其他男人跟著妳，長得很帥，個子很高……妳認識嗎？」

「我不認識。」

我順著他的視線望去，發現停車場的確站了一個人。這個時間有人站在停車場太不自然了。

「是不是狗仔？」

聽到他這麼問，我倒吸了一口氣。談話性節目已經公布了我目前的樣子，他應該也知道我就是蓮美。

「這家店有後門，妳可以假裝借用廁所，從那裡離開。」

我驚訝地看著他。

如果真的被人跟蹤，的確從後門離開比較好，即使他搞錯了，我也沒有任何損失。

我在收銀臺結帳時，詢問看起來像是工讀生的年輕人：

「對不起，我被一個奇怪的人跟蹤了，可以從後門離開嗎？」

他一派輕鬆地回答：「喔，好啊。」因為是深夜，可能偶爾會遇到類似的事。

我拎著塑膠袋，快步走向後方的倉庫。

穿越散發出油膩味的倉庫，打開了後門。經過上了鎖的垃圾桶，來到了戶外。

我不知道該直接回家，還是為了避免再度被跟蹤，繞遠路回家。

但是，隨便在外面亂晃，搞不好會再度被盯上。

我快步走回家裡，沿途回頭張望了好幾次，並沒有發現有人跟在後方。我暗自鬆了一口氣。

回到家裡，關上門之後想到，我忘了向他道謝。

雖然不知道是不是真的被跟蹤，也可能是他搞錯了，但也可能他並沒有搞錯。

因為有太多人想要拍我的照片。

剛才離開時，應該向他道謝。我咬緊嘴唇。

正因為原本覺得他是個來路不明的人，所以更懊惱竟然被他認為我很沒禮貌。

我打開書桌的抽屜，在塞滿東西的抽屜內翻找。原本以為不見了，沒想到名片還在那裡。

「寂寞小貓　齋木光」。

雖然拿了他的名片，但我甚至沒有記住他的名字。

「蓮美，我挺妳。」

我想起他之前對我說的話。

我並沒有因為他幫了我一次忙就相信他，更何況不知道是否真的幫了我的忙。原本覺得他是個莫名其妙的人，如今漸漸成為一個有了明確形象的人。

他為什麼說會支持我？

因為他是蓮美的粉絲？因為我漂亮？還是希望我去他的店裡上班？

我無法得出結論，把水壺放在瓦斯爐上燒水。

飢餓已經忍無可忍。

吃完泡麵，沖了澡，然後就上床睡覺了。

醒來時已是傍晚，我又吃了一碗泡麵。吃完之後，覺得身體很沉重，眼皮再度垂了下來。

又恢復了以前足不出戶時的情況。只要這樣吃了又睡，睡了又吃，半年的時間轉眼就會過去。

腦海中浮現胖得無法出門，整天躺在床上的自己。

這種想像既沒有讓我感到羞愧，也沒有感到害怕，我為這樣的自己感到悲哀，但也不覺得和目前的狀況有太大的差別。

我昏昏沉沉地睡著，看到千穗在房間內轉頭笑著對我說：「很痛快！」

應該是在作夢。因為我不記得自己打開門，而且千穗像以前一樣，臉有點圓。我翻了身，發現沙霧在旁邊。一頭微鬈的頭髮散在床上。

她看著我笑了笑。

「遊戲結束了嗎？太快了。」

我屏住了呼吸。眼前的景象似曾相識。

「蓮美，是妳和我決定要玩這場遊戲啊。」

「但是……不想玩了，我累了。」

對了，那是某天錄完深夜綜藝節目的事。

我們穿著泳裝，滿身都是泥巴，在節目上被搞笑藝人用幾乎性騷擾的方式惡整。現在回想起來，知道那是很正常的事，不需要大驚小怪地覺得很受打擊，只不過因為我當時幾乎只接模特兒工作，所以覺得極度屈辱。

最主要是因為現場的氣氛很糟糕。當時還有其他幾個女藝人一起上節目，節目的工作人員把我們視為隨時可以替換的零件。雖然錄完影後身心俱疲，很想馬上回家，卻在錄影結束後，強迫我們去參加聚餐。

我們不是零件，也不是玩偶，更不是傳播妹。

沙霧露出諷刺的笑容。

「這種事，不是一開始就知道了嗎？漂亮的女生太多了，時間一久，幾乎所有人都會忘了我，或是討厭我，我心裡當然很清楚這些。」

她的手輕輕碰向我的膝蓋。

「但是，會有幾個人一直記得我。雖然我不認識他們，但我會在他們的記憶中。有些人無法在自己的人生中找到夢想，我要成為他們的夢想，我希望成為這樣的人，所以才會在這裡。」

我聽著她說的話，暗自思考著。

原以為沙霧根本什麼都不懂，像沙霧這樣一出道就很紅的女生和我不一樣。沒想到是我什麼都不懂。

她並不是公主，所以比我經歷過更多不愉快的事。我卻搞不清楚狀況，只會整天哀怨。不知道她怎麼看這樣的我。

她摸著我膝蓋的手很冰冷，好像沒有生命。

「現在放棄還太早了。」

我在嘴裡重複著這句話。

現在放棄還太早了，我還有可以做的事。

隔天早晨，我一醒來就沖了澡。洗了頭髮，用吹風機吹乾頭髮時看著鏡子。

鏡子中有一張白白胖胖的臉。

但我端詳鏡子中的自己後發現，皮膚比以前身材苗條時好多了。

雖然我沒有做什麼保養，但以前煩惱不已的皮膚乾燥現象消失了，如今的皮膚很光滑。

想了一下之後，我找到了答案。因為我現在幾乎不化妝。

以前工作時，每天都要化妝、卸妝好幾次。雖然經常去美膚沙龍做保養，但也許什麼都不做，對皮膚更好。

以前經常出外景和在戶外拍攝，現在很少外出，所以也不會曬黑。

我凝視著鏡子中的自己。

並不是所有的一切都向壞的方向發展。

雖然皮膚變漂亮是一件微不足道的事，但我能夠發現這麼微小的事。

即使原本引以為傲的一切都失去了，但我還在這裡，未來的人生中，未必只會發生不好的事。

我緩緩調整呼吸，再次思考接下來的事。

沙霧的自殺仍然有可疑的地方。

即使她為了工作，被迫用身體和男人交際，但不足以說明所有的問題。

即使無法為蓮美澄清冤屈，我也想知道真相。

否則，我會一直在原地踏步。

我想起了昨天的夢境。沙霧很堅強，冷靜地分析自己所處的狀況。

我當初因為想要被很多人喜愛，並沒有多想，就進入了演藝圈。她和我不一樣，必定有極大的絕望，才會走上絕路。即使她是為了把我扯進這份絕望而寫下那些日記也無妨。
瞭解她的絕望，是我目前唯一可做的事。
沙霧自殺時，為什麼沒有留下遺書？
是真的沒有留下遺書，還是她曾經留下，卻被人銷毀了？
在思考這個問題時，我想到一個可能性。
她生前不是留下了很長的文章？就是那些揭發蓮美行為的日記。
看那些日記會讓心情很惡劣，所以我已經很久沒看了，我也不願相信那是沙霧寫的。
但是，那些日記中可能隱藏了某些線索。
經紀公司刪除了沙霧原本的日記，但網路上有好幾個網站都將日記內容備份後公開。在當今的時代，一度出現在網路上的資料是無法完全消除的。
如果是引人好奇的八卦內容，更不可能輕易消除。
我帶著憂鬱的心情打開了電腦，努力振作心情，開始在網路上搜尋。
當我想要點進幾個記住的網站時，發現那些網站都關閉了。
其他網站也都一樣。到底發生了什麼事？
和Q太郎的網站受到壓力而關閉一樣，其他網站也遇到了相同的情況嗎？
但是，仍然可以找到刊登了日記內容的網站。之前曾經聽說，如果伺服器在國外，比較不會因為受到壓力而被迫關閉網站。

在我把網路上的日記備份保存時，手機響了。是千穗打來的。

我接起電話，電話中傳來千穗沙啞的聲音。

「蓮美嗎？」

「是啊……怎麼了？」

「我要回大阪，現在已經在新幹線上了。」

我眨了眨眼睛，因為太突然，判斷力還無法發揮作用。

「發生什麼事了？」

千穗沒有回答。我握緊電話，站了起來。

「千穗？」

「比想像中更危險。」

千穗小聲地說。

「危險……什麼事有危險？」

「沙霧的事，我不玩了。我回大阪，先去朋友家住，暫時不和妳聯絡了。」

我整個人愣在那裡。千穗發生了什麼事？

「妳沒事吧？告訴我發生了什麼事？」

「我沒事，妳不用擔心，但他們正在找妳，所以妳也最好躲起來，去願意窩藏妳的人家裡……」

我屏住了呼吸。我身邊沒有這種人，根本不可能找到這種人。

「知道了嗎？」

千穗問，我回答說：

「知道了，我會這麼做。」

如果我說找不到人幫我，千穗一定會擔心，也許她會基於使命感回到東京。無論如何都要避免這種事。

「別擔心，我想到要找誰了。」

千穗聽到我的回答，放鬆了緊張。

「……太好了。」

聽到她的聲音，我差一點哭出來。千穗的離開讓我感到難過。只要她在身邊，就可以為我壯膽。

千穗繼續說道：

「那些人看起來像黑道，他們要我說出妳的下落，我騙了他們。」

「騙了他們？」

「對，我說了之前剛到東京時住的公寓名字，那是一棟大型單身公寓，有一百五十間套房，要調查恐怕也要耗費一點時間。而且那裡住了很多酒店小姐，很多人晚上也都不在家。」

「……謝謝妳。」

我好不容易才能說出這句話，我無法像她那麼機靈。

「我覺得他們不至於要妳的性命，只是很不願意沙霧的事再度出現在媒體上，雖然他們威脅我，但並沒有傷害我。」

難道驗證沙霧的事的網站全都關閉，也和那些人有關嗎？

「但如果把他們逼急了，可能會做出一些很可怕的事，因為讓別人心死是最簡單的事。」

聽到這句話，我忍不住想，千穗雖然說對方沒有傷害她，但會不會是說謊？

「所以，妳也要趕快收手，這是為妳好。」

「嗯，我知道了。」

我也說了謊，為了讓千穗放心。

但是，既然對方擔心事情曝光，我知道該怎麼作戰。

「謝謝妳的幫忙。」

如果沒有千穗，很多事都不可能調查清楚；如果沒有她，我甚至仍然停留在原地，無法前進。

電話中可以感受到千穗無聲地笑了笑。

「等一切平靜之後，我們再見面。」

或是等一切都結束之後。

我帶著重要物品離開了公寓。存摺、提款卡、電腦、手機，另外各帶了一套內衣褲和換洗衣服，還有粉餅和口紅。其他東西不必帶在身上，而且需要時也可以隨時購買。

我小心觀察，確定沒有人跟蹤後，搭上了計程車。我覺得與其四處亂走，這樣比較不引人注目。

我在東京車站下了計程車，走了五分鐘左右，在一家商務飯店辦理了入住手續。我決定住三晚，用現金付了住宿費。

我打算這一陣子先輪流住各家商務旅館。

在房間內休息之後，從口袋裡拿出了名片。那是齋木光的名片。

我不知道自己的選擇是否正確，也許是魯莽的決定。

但是，比起認識的人，我覺得不認識的人更加可信。

我屏住呼吸，按了電話號碼。

鈴聲響了幾次之後，對方接起了電話。

電話中傳來在便利商店見過幾次的那個男人的聲音。

「喂？」

我在深呼吸後回答：

「我是蓮美。」

電話彼端雖然沒有回答，但我可以感受到對方的驚訝。

「你之前不是說會支持我嗎？」

「嗯，是啊，有什麼我可以幫忙的事嗎？」

「我正在找可以當我保鑣的人。因為可能會有危險，所以我想找身強力壯的人，當然，我會支付酬勞。」

電話中傳來帶著笑意的聲音。

「這是要我當妳的保鑣？還是要我介紹可以當保鑣的人？」

「都可以，但最好你介紹別人給我，我想要請保鑣。如果你不認識就算了。」

「認識啊，我去問問，問到之後，我可以打電話給妳嗎？」

「麻煩你了。」

我原本以為他可能會笑我，不必當真啦，但他並沒有不當一回事，答應幫這個忙。

「怎麼了？妳打算做什麼危險的事嗎？」

「我沒這個打算，但好像有人不喜歡我正在做的事，所以有點害怕……」

「看來不太平靜啊。」

他沒有繼續追問，我暗自鬆了一口氣。

「如果我聯絡到對方，會再撥打這個電話，但可能要到晚上了。」

「沒關係。」

反正我今天不打算外出。

「那就晚一點再聯絡。」
說完，他掛上了電話。
我拿著手機，躺在床上，緊張到快把神經都燒斷了。

晚上十一點過後，才接到齋木打來的電話。
「對不起，這麼晚才打電話。有一個人之前在我們店裡當保鑣，他也會武術，目前自己開了一家保全公司，我介紹他給妳認識。」
「太好了。」
「但如果要妳沒有見面就決定要不要僱用，妳會很不放心吧？妳明天有時間嗎？我介紹你們認識。」
「是啊，那就麻煩你了。」
「地點……我覺得還是由妳決定比較好，要妳來我指定的地方，妳會很不安吧？」
的確是這樣。雖然一開始覺得他很奇怪，沒想到說話之後，發現他很可靠，讓人感到安心。想到這裡，我才發現一件事，原來是他的工作必須讓女生感到安心。
我想了一下後說：
「ＫＴＶ怎麼樣……？」
「好啊，非假日的白天應該沒什麼人。」
我想起銀座一家巨大的ＫＴＶ，以前去過幾次。我和齋木約定在那裡見面。

「我會用鈴木的名字預約。」

他聽了笑了起來。

「用假名嗎？算了，我無所謂。」

我苦笑起來，即使被他認為是假名也無妨。

掛上電話後，我拿起飯店的信紙，寫下了接下來的決心。

不能死。

不受傷。

接著，我想起了千穗的話，補充了一點。

心不能被殺死。

電話鈴聲把我吵醒了。

我迷迷糊糊地伸手拿起放在枕邊的手機。是星野小姐打來的。

「蓮美，妳起床了嗎？」

「還沒……」

因為沒必要假裝，所以我實話實說。一看時間，已經十點多了。雖然時間不早了，但即使說還沒有起床，也不至於挨罵。

也許這種想法已經不算是正常人了。

「收到了寄給妳的信，如果是為妳加油打氣的信，妳過一陣子再來拿也沒關係，但是妳爸爸寄來的信，要不要轉寄給妳？」

「我爸爸……」

我和父親多年沒見，最後一次見面時，我還是小學生，而且他也沒有來參加母親的葬禮。我並不想見他，如果說完全不恨他，那就是在說謊。

「麻煩妳了。」

回答之後我才想到，目前不知道會在這家商務飯店住到什麼時候，又不想請她寄去之前的租屋處，我再回去拿。有人在那棟公寓附近跟蹤我，一旦去了那裡，可能再度被盯上。

如果請她轉寄到京都的老家，回家去拿很花時間。

「對不起，我今天或明天會找時間過去拿，可不可以請妳交給會在公司的人？」

「是嗎？那就這麼辦。」

我一直覺得父親已經是陌生人，但父親還很關心我，這件事讓我感到高興。即使我們父女無法再同住在一個屋簷下，至少偶爾可以聯絡。

我不想覺得自己在這個世界舉目無親。

掛上電話後，我用力深呼吸。

得知父親和我聯絡，讓我心情變得開朗。

正因為這樣，千萬不能大意。我們已經有超過十年沒見面，如果是和父親長得很像的人假冒父親來接近我，我可能也難以察覺。

雖然這麼想有點悲哀，但我正被捲入一起大事件。

我突然想到一件事。

沙霧是為了把我捲入，才寫了那些日記嗎？

既然這樣，那我甘願被捲入，大鬧一場，搞得天翻地覆，但是，我絕對不會死，心也不會被殺死。

我對著鏡子，擦上李子色的口紅。

我到KTV時，他們還沒有到。

被帶進包廂後，我點了飲料。正當我喝著像著了色的冰水般的冰咖啡時，齋木和另一個男人走了進來。

那個男人曬得很黑，個子不高，看起來並不是很強悍，眼鏡後方的眼神也很溫和。

「我姓早瀨。」

他遞過來的名片上寫著「專業保鑣」。既然是專業保鑣，那我就放心了。

早瀨拿下眼鏡，小聲問我：

「聽說妳需要保鑣，請問妳認為具體有什麼危險？」

「我正在調查我朋友自殺的事，她……」

我正打算向他說明，他伸出手制止了我。

「那起事件我知道，也知道之後周刊雜誌上的八卦。」

聽到他這麼說，我鬆了一口氣。我現在還不太願意談沙霧自殺的事。

「日記的內容是胡說八道，為什麼會寫那些日記？那些事都是胡說八道，我搞不懂她為什麼要自殺……」

服務生送來了早瀨和齋木的咖啡，我暫時住了口。

「我另一個朋友說，她被像是黑道分子的人威脅，叫她不要插手。她回大阪去了，還有，之前我深夜出門買東西時被人跟蹤……」

「原來是這樣。」

「我也看到了，是一個高高的年輕人。」

齋木說，我點了點頭。

「還有……雖然我不知道有沒有關係，但在我搬家的同時，以前住的公寓發生了火災……聽說是人為縱火。」

「也有可能是沙霧的粉絲騷擾。」

「但是，千穗……我朋友遭到威脅，有人叫她趕快收手。沙霧的粉絲不可能做這種事。」

「有道理，但也必須考慮到所有的事可能並不是同一人所為。」

我也有同感。

他從口袋裡拿出一張類似廣告單的東西。低頭一看，原來是價目表。

「因為是齋木先生的介紹，所以可以打八折。危險性可能會比較高，所以就先設定是中等程度。」

仔細一看，原來危險性的高低會大幅影響費用，通常是六小時兩萬圓。雖然難以長期僱用，但考慮到生命安全，並不至於付不起。

「我和別人見面，或是出門時，希望你可以保護我，可以嗎？」

「這是我的工作。」

和他之間的交談讓我鬆了一口氣。

「等一下我要去一趟公司，但不需要六個小時……」

「那我陪妳去，今天就當作是免費服務。」

齋木甩著車鑰匙說：

「雖然我無法當保鑣，但可以當司機，反正今天沒事。」

「但是，這……早瀨先生陪我，算是工作。」

「我沒關係啦，妳來找我，我就很高興了。雖然當初那麼說，把名片塞給了妳，但根本沒想到妳真的會打電話給我。」

我也沒想到會打電話給他。

也許我的行為太輕率了，但如果不偶爾輕率一下，就會停在原地不動。

我們坐上齋木的廂型車前往經紀公司。當我說了公司地址後，他叼著電子菸，輸入了衛星導航。

車子啟動了。
我和早瀨一起坐在車子後座，我問坐在駕駛座上的齋木：
「你為什麼願意做這些？」
他笑著說：
「因為妳是漂亮的女生啊。」
我不知道該如何回答，他慌忙補充說：
「我並不是有什麼不良居心，所以妳不必在意，我一直很喜歡妳，也很喜歡沙霧。」
聽了他這句話，我感到驚訝不已。如果是沙霧的粉絲，應該對我感到憤怒。
「我覺得妳們實在太漂亮了，在部落格看到妳們感情很好，也覺得很可愛。」
「你不覺得遭到了背叛嗎？」
「遭到背叛？」
「看到日記的時候。」
他沒有立刻回答，可能在斟酌要怎麼回答。
「我已經決定，不要讓自己的心情受女生的影響。」
「啊？」
「只要看到漂亮女生的笑容，我就會感到幸福。尤其偶像是把這個做為工作，在工作時間，就是為了讓我們高興，所以我不再去想什麼希望她們很清純，希望她們不要交男朋友，或是希望她們個性也很好。」
他的回答完全出乎我的意料。
「說一句『我相信妳不可能做這種事』很簡單，這樣想也會比較輕鬆，但問題不在這裡，我不會審判妳們的行為，只享受妳們帶給我的光芒。我決定要這麼做。」
「……我不懂。」
「嗯，不懂也沒關係，但我會站在妳這一邊，我是這麼想的。」
我坐在後車座上，茫然地聽著他說的話。
「即使我曾經霸凌沙霧，你也會站在我這一邊嗎？」
「是啊，即使妳是這樣的人，但妳不是，對不對？」
「我不是。」
正因為這樣，我才會這麼拚命。拚命掙扎。
我看著窗外想道，不知道還有沒有其他願意和我站在同一邊的人。
我請齋木把車子停在公司旁，早瀨先生和我一起下了車。
「我陪妳到公司門口。」
「麻煩你了。」
經紀公司也無法相信，但我在意的是，威脅千穗的男人不願意沙霧的事再度出現在媒體上。

這和經紀公司想要我寫手記，並希望我復出，重回演藝圈的意圖相反。

到底是誰希望永遠埋葬沙霧死亡這件事？

我請早瀨先生在公司門口等，然後敲了敲門。

走進公司，佐原先生剛好在門口，一看到我，立刻露出驚訝的表情。

「對不起，星野小姐在嗎？」

我以為她不在，沒想到她剛好從洗手間走出來。

「啊喲，妳來得剛好，我正準備出門。」

她向我招了招手，我走到她的辦公桌前。

她從辦公桌抽屜中拿出一個很普通的白色信封。和之前一樣，已經用剪刀拆開了。

我翻過信封，看了寄件人的名字。上面寫的中延誠一的確是父親的名字。

光是看到他寫的字，我就快哭出來了。

我認識他寫的字，也曾經收過他寫給我的信。我以前沒有發現父親的字這麼有力、富有個性。

「是妳爸爸沒錯吧？」

「對，沒錯，謝謝妳。」

星野小姐可能正準備外出，她把東西塞進皮包時對我說：

「對了，千穗最近在忙什麼？我打電話給她，也聯絡不到她。」
「我聽說她回大阪了。」
「喔，是嗎？」
她露出驚訝的表情，但又覺得像是演技。我無法分辨。
「手記呢？想寫了嗎？」
「我還在考慮。」
但是，我比之前稍微積極了。如果有人想要埋葬沙霧的死，那我偏要搗亂。
「再給我一點時間。」
星野小姐露出有點受不了的表情。
「是沒關係啦，但有效期限快過期了，如果要寫，動作就要快一點。」
啊，又來了。和她說話時，總是忍不住想笑。
我身為藝人，有我所不知道的有效期限，一旦過了有效期限，就連僅剩的價值也會蕩然無存。
我覺得她把我當傻瓜。也許沒有惡意，但還是把我當成傻瓜。
「過了就算了，反正即使發表了手記，有效期限也會過。」
不，搞不好我已經淪為廢棄物了。
星野小姐這次明顯露出了驚訝的表情看著我。

離開公司回家的路上，始終不發一語的早瀨先生開了口。
「有人在跟蹤。」
我驚訝地想要回頭張望，早瀨先生制止了我。
「最好不要讓他們知道被發現了。」
齋木慢條斯理地說：
「喔，果然是嗎？我剛才就發現了，是不是那輛黑色休旅車？」
「對，從表參道一路保持若即若離的距離跟在後面。」
齋木把嘴上的電子菸放在儀表板上。
「蓮美，妳等一下有事嗎？」
「沒有。」
「那我們去栃木一帶兜兜風。」
如果那輛車一路跟到那裡，就絕對不是巧合了。
「話雖這麼說，但通常可以在半途甩掉。」
他說話的語氣仍然沒有絲毫的緊張，但也因為這樣的關係，我也沒有緊張。
「對不起，給你添麻煩了……」
雖然是我委託的工作，但可能把他們捲入了麻煩。
「不必在意，我做的也不是什麼正經的工作。」
齋木說完，稍微轉過頭對我說：

「不過，希望妳露出得意的神氣表情，覺得別人為妳做事是理所當然的。其實心情不好，板著臉的表情也不錯，但至少不要露出難過的表情。」

齋木說完，用力踩下了油門。

齋木把車開到快車道，超越了前面的車輛。

然後持續加速向前開。回頭一看，黑色休旅車也駛入了快車道。

早瀨先生嘀咕說：

「跟蹤的人是外行。」

「有時候正因為是外行才可怕。」

齋木雖然開車很猛，但說話的語氣仍然慢條斯理。

車子又回到了慢車車道，黑色休旅車雖然保持了一定的間隔，但一直跟在後方。

齋木駛入了岔路。後方傳來一陣喇叭聲，他應該是硬擠進車陣。

駛過公園旁，來到一片住宅區。

後面的人跟蹤我，到底想幹什麼？想要威脅我？還是把我幹掉？

千穗說「他們不至於要妳的性命」，但這只是千穗的猜測，更何況我也不知道他們用什麼方式威脅千穗。

不安溢到了喉嚨，但我並不想逃避一切，更何況我現在並不是孤軍奮戰。

目前並不知道齋木的目的，早瀨是我花錢僱用的保鑣。即使如此，我仍然不是孤軍奮戰，千穗也會幫我。

齋木開著車子在住宅區內轉了半天，後方的休旅車不見了。

「甩掉了吧？」

「也可能他們知道被發現，所以就放棄了。」

「接下來怎麼辦？」早瀨問我，「要不要送妳去飯店？」

我很希望這麼做，但這樣真的沒問題嗎？

我想了一下後作出了決定。

「送我到某個車站就好，我搭電車回去。」

車子並沒有開很遠，應該不至於無法自己回去。

與其坐著車號和車種被人知道的車子，不如自己搭電車回飯店更安全。

「那我就直接開車回家了，早瀨先生，你送她回去。」

「當然。」

「謝謝。」

今天還是應該支付他薪水。我這麼想著，向他鞠躬道謝。

前方剛好有地鐵站，我和早瀨下了車。

我們走下階梯，走向驗票口。我正打算買車票，早瀨露出有點驚訝的表情問：

「妳沒有ＩＣ卡嗎？」

我以前曾經有過，但後來遺失了。在漸漸走紅之後，幾乎都是搭計程車或是經紀公司的車子。我已經完全喪失了正常的感覺。

必須慢慢找回來，這樣才能獨立生存。

我們搭上了往飯店方向的地鐵。我聽從早瀨的建議，上車之後，在車廂內移動。想到接下來的生活都必須隨時警惕是否遭到跟蹤，不由地感到不寒而慄。

「好像沒有被人跟蹤。」

聽到早瀨這麼說，不由地鬆了一口氣。

跟蹤的人到底有什麼目的？想要知道我的住處嗎？還是像對待千穗一樣，也會威脅我嗎？如果我哭著回老家，那些人就滿意了嗎？

這就意味著有人不希望調查沙霧自殺的事。

即將到達要轉車的車站時，早瀨小聲地對我說：

「車門打開時不要馬上下車，快關門時才下車。」

我故意繞遠路回到飯店，和早瀨在大廳道別。我問了他的手機號碼，需要時，可以隨時請他來當保鑣。他走不開時，會派公司的其他同事過來。

我去便利商店買了飯糰和速食味噌湯回到了房間。

在用房間內的熱水壺燒開水時，從皮包裡拿出了父親的信。

白色的制式信紙上寫著稱不上是漂亮的字，而且間隔很大。只有兩張而已。

「昭子，最近還好嗎？我一直猶豫，不知道該不該寫這封信。因為我想如果妳遇到困難，會主動和我聯絡。但是，我去了京都的家裡，發現沒人住在那裡，所以還是很擔心。如果妳方便，和我聯絡一下，告訴我妳最近好不好。因為我擔心妳。」

我看著信紙很久。

雖然信的內容很平淡，也完全無法瞭解父親的近況，但我知道父親並不是完全不關心我。

他還特地去了京都的家裡。

從信的內容來看，父親以為我知道他的聯絡方式，但是，我當然不可能知道。我小時候就和父親分開，現在只能隱約回想起他的長相。

把信紙翻了過來，反面寫了父親的名字、地址、電話號碼和電子郵件信箱。

熱水燒好了，但我無法動彈。

我一直以為父親已經拋棄我了。我知道他再婚，有了新的家庭，但是，父親並沒有拋棄我。

他關心我，希望我和他聯絡。

他沒有說任何強人所難的話，而是戰戰兢兢地向我伸出手。正因為如此，我可以感受到父親的體溫。

即使我不是蓮美，即使我發胖，再也無法瘦下來，父親應該都會接受我，對我露出笑容，和我站在同一邊。

不要抱有期待。雖然我這麼告訴自己，但視線無法離開信上的文字。
我把信紙折好，放在皮包深處。我覺得這是我的護身符。
在查明沙霧自殺的真相，洗刷蓮美的汙名之後，我會寫信給父親。

天黑之後，我再度打開了筆電。
檢查郵件時，發現Q太郎又寄來了郵件。我現在已經不再驚訝。
Q太郎帶著某種意志試圖引導我。
郵件並沒有附加檔案，但郵件內容中寫了日期。八月九日、十月二十五日、十二月七日。
這些日期有什麼意義？我在思考這個問題時，頓時恍然大悟。
我打開了備份的沙霧日記。
看這些日記，就像用刀子劈開我的心，所以我不想看，但又很在意日記中到底隱藏了什麼。
一切都很不自然。這些文字不像她所寫的，但又有某些只有她才能寫的內容。雖然日記內充滿了謊言，其中卻記錄了只有我和她才知道的事。
每次看這些日記，我都有一種確信。
日記就是沙霧寫的。雖然沙霧的母親說不像她寫的文字，但成年的女兒在母親面前只會表現出自己的其中一面。我自己也一樣，越是愛母親，越想要隱瞞會讓母親難過的一面。

這些文字不像沙霧所寫，是因為她在說謊。

但是，我不瞭解沙霧為什麼要寫虛假的日記。

重複看了之後，覺得那個REMI就像是小說中的角色，像是和我很像的陌生人。

商務飯店的燈光很暗，眼睛隱隱作痛。

終於看到了八月九日。除了「今天也好累」這句話以外，還有一張照片。

那是我熟悉的沙霧的房間。照片中拍到了米灰色的壁紙和芒果色的柔軟抱枕。

我發現壁紙上好像有什麼髒東西。我去過她家一次，她的房間很乾淨。曾經聽她說，她搬進來時，也換了壁紙。

我把照片放大。

我似乎看到了淡淡的文字。因為是手機拍的照片，所以解析度不是很高，但我放大後凝視片刻，看到了數字。

牆上用鉛筆寫了數字。

1178892。是七位數的數字，還有田端這兩個字。

我驚訝不已。原來她留下的訊息不是文字，而是照片？

我又找到十月二十五日。又是一張照片。我放大之後，尋找是否寫了什麼。這次又發現了。1086652。城崎。

十二月七日的牆上也寫了淡淡的文字。1547727。安達。

只有這三張照片上寫了文字。

我的身體微微發抖。

這些日記是遺書，是告發。如果她寫在信紙上留在房間，可能會被人湮滅。

但是，如果寫成聳動的內容，而且公布在網路上，就能夠永遠在網路上流傳，喜歡八卦的人會不斷備份。

即使其中有幾個網站被迫關站，也不會看不到照片，事實上，我也是用這種方式，把日記連同照片備份下來了。

也許別人無法馬上發現，但是，她的自殺是重大事件，所以會有人持續驗證她的日記。

總有一天，有人會察覺這些數字，試圖解開這個謎。

也許她就是為了等待這一天，才把日記寫在社群網站上。

我凝視著三個數字，光從那三個姓氏上，難以知道是哪個人，但這些數字絕對有意義。

她想要透過這些數字傳達什麼訊息？

第二天早晨，我一大早就上網尋找商務飯店。

也許該找一家有廚房的飯店，稍微貴一點也無妨，或許像千穗之前租的週租公寓也不錯。

但是，那種類型的住宿設施並不多，或許會很容易被那些在跟蹤我的人找到。而商務飯店的數量不計其數，想要找到我並不容易。

只能暫時忍耐這種不方便和不自由。

手機突然響了。拿起來一看，是星野小姐。

昨天才見到她，到底有什麼事？我感到納悶，但還是接起了電話。

「蓮美嗎？」

「對，昨天謝謝你。」

我為她通知我收到父親的信道謝。

「我想要確認一下，妳不想寫手記嗎？」

我噗哧一聲笑了出來。我們談過很多次，但這是她第一次想要確認我的想法。

「我不想寫。」即使之前敷衍她時，我也不想寫。即使我不寫，相信我的人還是會相信我。至於那些不相信我的人，無論我寫什麼，他們都不會相信。

為了延長有效期限的手記，我一個字也不想寫。

「那也沒辦法，只能重新建立策略。」

「策略？」

「是啊，讓妳復出的策略。」

事到如今，聽到這種話，我只覺得很虛假。

「不用了，我的事，我自己會考慮。」

我斬釘截鐵地脫口回答，連我自己都感到驚訝。

我的未來屬於我自己，由我自己決定怎麼做。雖然我不認為星野小姐充滿了惡意和算計，但如今我的心情不想受他人的意見影響。

而且，我現在還無法思考以後的事。

星野小姐嘆了一口氣後說：

「有旁白的工作，妳應該還記得下西先生吧？」

下西先生是以前經常找我上節目的電視臺製作人。

「他明年要開一個外景節目，想找妳擔任旁白配音。他說妳口齒清晰，聲音也很好聽，當然，還需要進行訓練。」

我無法立刻回答，並不是因為驚訝，而是動了心。

「當然，一旦開始工作，周刊雜誌應該又會報導……但下西先生保證，不用聳動的方式宣傳。」

我握緊了手機。

我記得下西先生。他熱愛電視，充滿了想要製作好節目的熱忱。即使對沒有走紅的女藝人也很親切，也很細心關心藝人。

「可以讓我考慮一下嗎？」

「當然，但因為不想造成下西先生的困擾，所以妳要快一點作決定。如果妳沒有意願，還要去找別人。」

「我知道。」

我不想造成下西先生的困擾，只是因為太驚訝，無法馬上作出判斷。

雖然已經決定不再回演藝圈，但竟然還會心動。這件事讓我不知所措。

「找一個時間，妳和董事長，還有我三個人一起吃飯。妳等一下。」

星野小姐放下電話，電話中傳來她和身旁的人討論的聲音。她在確認菊池先生的行程嗎？

「明天晚上有空，怎麼樣？」

我當然有空，但是，我並不太想見到他們。

但我還在吞吞吐吐，她已經開始安排。

「去中華粥那家餐廳，我來預約，沒問題吧？」

那家中餐廳在公司附近，有許多不同的粥品。以前工作時，經常去那裡吃宵夜。即使在減肥，那裡也有很多東西可以吃，所以很方便。

我的內心湧起懷念。我想吃那裡的海鮮粥。

「九點，我會訂包廂，那就這樣。」

星野小姐說完，掛上了電話。她做事向來這麼強勢。

和他們見面不至於有危險，最重要的是，旁白的配音工作讓我有點動心。雖然還沒有決定要不要接這個工作，但談一談應該沒關係。

我原本打算打電話給早瀨，但一方面是和認識的人見面，再加上時間有點晚，所以有點猶豫。

只要來回都搭計程車，應該沒問題。

這一天，我來到青木董事長住的醫院。

我戴上沒有度數的假眼鏡，把頭髮綁在腦後，原本就很邋遢的樣子變得更邋遢了。

即使別人和我擦身而過，也不會想到我以前曾經出現在時尚雜誌的彩頁上。

我對這件事漸漸感到麻木。以前靠美貌和身材闖天下時，年齡增加一歲，都會害怕不已，現在覺得這種事根本無足輕重。

到底是因為我變得堅強了，還是變得麻木不仁，也許這兩者之間並沒有太大的差別。

我不想空手而去，但鮮花不能帶進病房，即使想帶食物，也不知道青木董事長目前能吃什麼。

煩惱了很久，最後決定買一瓶蘋果汁。因為我想起以前祖母去世之前，已經無法進食，經常喝蘋果汁。

買了之後，覺得自己認為老闆快死了，不禁有點沮喪。

走進醫院後，發現候診室的燈光很暗，才終於想到今天是星期六。我根本不知道今天是星期幾。

護理站內空無一人。

我戰戰兢兢地敲了敲青木董事長以前住的病房。沒有回應。

病房門口的牌子上寫著青木，所以他並沒有換病房。我打開門，探頭向內張望，看到了躺在病床上的老闆。狹小的病房內沒有其他人。

他的身上連著心電圖的儀器和點滴，臉很黃，應該出現了黃疸。

他變得又乾又瘦，我摸了摸他從電熱毯下伸出的手，竟然冷得令人難以置信。

老闆張開了眼睛，他的眼白都是黃色的。

「妳來啦。」

「我來看你。」

看到他意識清醒，我鬆了一口氣，坐在椅子上。

老闆回握了我的手，很無力，皮膚也沒有彈性。

他還不到六十歲，年紀並不大，但正因為這樣，可以感受到死亡的腳步。

「妳不必再擔心我，我沒事。」

「我想見你，所以才來這裡。」

「……我無法保護妳，沙霧的事也……」

「我還活著，也沒有受傷。」

如果他為無法保護我們而後悔，我希望他只需要為沙霧的事感到後悔。

「沙霧留下了訊息，老闆，你知道內情嗎？」

他的臉扭曲起來。

「太遲了，已經太遲了。妳趕快去可以保護妳的人身邊。」

我想起了父親的信，但是，那不是我的避風港，而是在我展開新的人生之前要去見的人。

「我累了，我已經累了。」

「老闆？請你告訴我。」

他的喉嚨發出咻咻的聲音。我感到極度不安，不再說話。

這時，病房的門打開了，護理師探頭進來。

「啊，太好了，終於有家人來了。」

「我不是家人……是以前曾經受過照顧……」

護理師聽到我的回答，皺著眉頭。

「是嗎？請問妳知道青木先生的家人什麼時候會來嗎？」

「我……」

我甚至不知道老闆有沒有家人。他以前結過婚，但聽說離婚了。我記得他好像沒有孩子，所以才會把我當成女兒般疼愛。

「請不要讓病人太累了，妳離開時，請來護理站一趟。」

護理師的語氣中帶著一絲責備。

也許探視太久，會造成病人的身體負擔。我用力握了握老闆的手說：

「那我回去了。」

老闆明確地對我說：

「妳不必再來了。」

他的拒絕令我難過，我不願意這是我們的最後一面。

「我還會再來。」

說完之後，我再度握了握老闆的手，站了起來。

走出病房後，和護理師一起走在走廊上。

「他的家人都沒來醫院，醫生也不知道該怎麼辦，因為有治療方針的事……青木先生說，他不需要延命治療。」

我覺得心臟好像被揪緊。

「狀況很不妙嗎？」

「對，肝功能也衰退了，最多只剩下一個星期或半個月……」

也就是說，老闆不可能活更久。

雖然第一次在病房中見到他時，就已經作好了心理準備，但仍然無法保持平靜。

「如果妳有辦法聯絡到他的家人，可不可以請妳通知他們？」

明天我會見到菊池先生和星野小姐，所以可以帶話給他們。

「我只認識青木先生工作上的朋友，我會設法告訴可能認識他家人的人。」

和護理師道別後，我搭電梯來到一樓。坐在候診室的長椅上哭了一會兒。

回飯店後，我再度打開電腦。

我把昨天發現的數字、寫了數字的照片，以及備份了沙霧日記的檔案全都寄給了千穗。

「萬一我發生什麼不測，請妳託別人把這些資料公開。」

雖然我不想再給千穗添麻煩，但獨自掌握這些找到的線索又會感到不安。如果我被人殺害，或是意外身亡，在下一次被人發現之前，沙霧留下的訊息就會淹沒在網路的世界。

然後，我帶著筆電，來到飯店二樓的商務中心。房間內的飯店簡介上寫著，商務中心有印表機。

不知道是不是因為快傍晚了，商務中心內只有工作人員。我付了錢，辦理了使用印表機的手續。

我放大列印了兩張照片，以便可以清楚看到照片上的數字。然後各裝入一個信封。

回到房間後，我把其中一個信封放在飯店的保險箱內，但不知道該如何處理另一張照片。雖然我一度打算附上信之後寄給父親，只不過即使是家人，也很難把這種東西交給已經多年沒見的父親。

最好能夠交給看似和我沒有交集的人。

想了很久，我打電話給齋木。他立刻接起了電話。

「怎麼了？發生什麼事了嗎？」

「我有一樣東西想放在你那裡，是一個信封。你不需要做任何事，只要為我保管這個信封就好，但如果我發生什麼不測，希望你可以把內容寫在網路上的匿名布告欄上。」

「……似乎不太平靜。」

「當然，我不打算死，也不會做危險的事，不會單獨行動，也會盡可能請早瀨先生保護我。」

「是在這個基礎上的保險嗎？」

「沒錯。」

如果這是沙霧留下的訊息，一定有人不想讓這些訊息曝光。

「好啊，那我今天晚上去拿。」

「不用了，只要你告訴我可以收件的地址，我寄去那裡，反正是很容易複製的東西。」

「沒關係，我可以十點左右去妳那裡，妳指定一個安全的地方。」

我想了一下，和他約在飯店附近的咖啡廳見面。因為在大馬路旁，應該不會有危險。

「我到那裡之後，再打電話給妳。」

說完，他掛上了電話。

完成了所有該做的事，頓時感到孤獨。我重重地嘆了一口氣。

既然害怕孤獨，就只能一直向前奔跑。

齋木坐在咖啡廳最角落的座位。

我點了歐蕾咖啡後，走向他坐的座位。

「不好意思，還麻煩你特地跑一趟。」

「沒關係，我之前不是說了嗎？我會支持妳。」

我從口袋裡拿出信封，交給了他。

「就是這個，你可以看，如果你不想有任何牽扯，不看也沒問題。」

我不會叫他不要看。要涉入多少，由他自己來決定。

「我回家之後再看。」

他看了之後，也許會感到失望。因為上面甚至沒有明確的名字。至於數字的意思，必須接下來慢慢分析。

他的面前放了一杯有很多鮮奶油的可可亞。我覺得很滑稽，忍不住問：

「你是螞蟻族嗎？」

「嗯，沒錯。」

我對他幾乎一無所知，竟然準備把生命交給他。但如果不做一些魯莽的行為，根本無法前進。他比經紀公司的人更值得信任。

我喝著剛才點的歐蕾咖啡，他蹺著腿。

「可以和妳聊一下嗎？」

「好啊，要聊什麼？」

「聊我的事，但可能和妳有一點關係。」

我微微偏著頭。

剛參加完聯誼的男男女女在鄰桌大聲聊天，不必擔心談話內容被別人聽到。在這個空間內，我們看起來像是土里土氣的情侶嗎？

「妳覺得我為什麼願意幫助妳。」

「因為你以前是我的粉絲？」

「這算是比較消極的理由，但是，還有其他理由。」

如果他是我的粉絲這件事是消極的理由，代表另一個理由更積極。

「我並不討厭自己的工作，因為有需求。有人需要這種服務，同時，也有想要賺錢的女生，我只是居中牽線。我從來不欺騙女生，也為單親媽媽準備了托兒設施。不好意思，說得這麼赤裸裸。」

我以前做過很多暴露身體的工作，所以不至於清純到聽到這些事就會臉紅。

「但是，有些女生會漸漸墮落。當初是我搭訕她們，把她們帶進這個行業，最後墮落到我伸手也抓不到的地方，而且這樣的人數還不少。我身邊經常發生這種事。」

我倒吸了一口氣。這種情況和演藝圈有點相似。

如果說這兩個行業有什麼不同，就是很多人不是為了金錢，而是帶著憧憬進入演藝圈，以及對演藝圈的偏見稍微少一點。但是，即使我的底限是泳裝和內衣，仍然有人說那是「不正經的工作」。

「我只是在彌補自己的人生。雖然無法拯救所有墮落的女生，但妳遇到了困難，如果能夠幫助妳，我的心情會稍微輕鬆一點，所以才向妳伸出援手。」

彌補自己的人生。我以前從來沒有想過這件事。

我以後也會因為這種理由，向別人伸出援手嗎？比方說，像沙霧那樣的女生。如果有像她那樣的女生向我求助，我應該不會棄之不顧。

我點了點頭。

「拜託你了，我目前無依無靠。」

齋木把信封在我面前亮了一下後，放進了自己的口袋。

「妳要小心點，如果妳受了重傷，或是被人殺了，我的人生負債又要增加了。」

「我會小心。」

說完，我笑了起來。皮包裡的手機震動起來。

看了液晶螢幕，發現是一個陌生的號碼。我猶豫著該不該接電話。

「怎麼了？」

「是陌生的號碼打來的……」

但只是接個電話，對方無法傷害我。我鼓起勇氣，接起了電話。

「喂？」

「啊，太好了，妳接了電話。我是佐原。」

「佐原先生？」

「我有話想和妳聊一聊，方便見面嗎？」

「我明天會和菊池董事長、星野小姐見面。」

如果有什麼話要說，可以到時候一起說。我用這種方式暗示他。

「我不想讓老闆和星野小姐聽到，妳等一下有空嗎？」

「現在已經超過十點半了。」

「對我們來說，現在的時間並不算晚。」

沒錯，我們經常在半夜十二點之後工作，和早九晚五的人不一樣。

佐原可能知道些什麼。

「我可以去接妳，妳在哪裡？」

「我和朋友在東京車站附近。」

聽到我和朋友在一起，他似乎有點困惑。可能他以為我一個人。

「好，妳離哪個入口比較近？」

「應該是八重洲北口。」

「那我去八重洲北口接妳，妳等我，我到的時候，會再用手機通知妳。」

我還沒答應要去，他就掛上了電話。這種強勢的態度和星野小姐完全一樣，還是焦糖牛奶的經紀人都這樣？

「怎麼了？」

「是沙霧以前的經紀人打來的，他應該知道某些事。」

「要不要我陪妳去？會不會有危險？」

佐原先生傷害我的可能性並不是零，但我之前也曾經單獨坐過他的車。

「他會開車來嗎？」

「應該……」

「好，我也開車，我會跟在你們後面，也會找早瀨一起來。」

「沒問題嗎？」

「我不是說了嗎？如果妳出事，我的人生負債又要增加了。」

齋木說，立刻開始打電話。早瀨說他馬上趕過來。

「還有這個。我原本覺得可能有需要用到，所以向早瀨借來了。」

他把一個小型黑色電子儀器放在我面前。

「這是什麼？」

他得意地說：

「ＧＰＳ追蹤器。」

已經十一點多了，車站內仍然人滿為患。我在來來往往的人群中，發現了站在那裡的佐原先生。

我緩緩走向他。

「啊，妳來了，太好了。」

他笑著說道。他覺得我有可能不來嗎？

「我把車子停在那裡。」

他邁開步伐，我跟在他身後問：

「這麼晚了，要去哪裡？」

「去車上談，因為不想被別人聽到。結束之後，我送妳回家。」

我並不是沒有不安，但是，我的口袋裡有ＧＰＳ追蹤器，萬一齋木他們跟丟了，也可以追蹤到我的下落。

即使會有危險，我也希望可以接近真相。

我坐進了佐原先生開的廂型車副駕駛座，他在繫安全帶時說：

「蓮美，妳為什麼沒有回老家？我不是告訴妳，要趕快回老家嗎？」

車子駛了出去。

「董事長和星野小姐希望我繼續工作。」

「他們只想著讓妳繼續為他們賺錢，我和他們不一樣，我希望妳得到幸福。」

這句話很空虛。我的幸福。他眼中的幸福是什麼？

「沙霧死了，我不可能輕易得到幸福。」

他嘆了一口氣。

「她真的太可憐了。當時並不知道她被逼到這種程度，如果我知道，就會叫她退出演藝圈回老家。」

他說話的語氣，就像是捕捉野生的動物，然後關起來殺掉了一樣。

車燈在窗外不斷流逝，我看著車窗外的景色。

「妳是不是還無法擺脫她的日記？因為不知道她為什麼會寫那些謊言，所以努力想要找出理由。」

我內心一驚，把頭轉到一旁，以免被他察覺內心的慌亂。他繼續說道：

「其實根本沒什麼理由，沙霧想要摧毀一切，打擊經紀公司，把正在走紅的妳也推入深淵，然後自殺，和自殺炸彈客差不多。」

如果在發現那些數字之前，也許我會相信他的這番說詞。

她想要傳達某些訊息，所以才會留下那些數字。

「好了……就饒過大家吧？」

我驚訝地看著他。

「沙霧和妳都沒有想要保護的東西，只要自己好過就沒問題了，但我不一樣。」

他握緊方向盤，臉上的表情扭曲著。

「我有老婆，也有女兒，尤其是女兒，我願意用生命去保護她，所以妳繼續搗亂讓我很困擾，而且，還有其他人和我有相同的想法。」

「什麼意思？」

「大家都有想要保護的東西，不像妳們一樣，非要搞得天下大亂才滿意，甚至不惜賠上自己的性命。」

聽了他的話，我發現一件事，他口中的「妳們」指的是我和沙霧。

「真是麻煩，從這次的事情，我深刻瞭解到，像妳們這種小女生真是麻煩透了。」

「沙霧為什麼會自殺？」

「我不是說了嗎？她只是想讓公司和妳難堪，是在找麻煩啊。」

「我沒做任何她有必要找我麻煩的事。」

他沒有回答。他應該有吧。

「即使她的自殺就像是自殺炸彈客，她應該也有憎恨的對象，是你嗎？」

「不光是我，她恨所有人。」

他在顧左右而言他，我強烈意識到這一點。

「我不打算傷害妳。」

他突然這麼說，我感到驚訝。

「因為我很瞭解妳，但是，有人不一樣。」

「有人不一樣？」

「還有其他人和我一樣，有自己想要保護的事和所愛的人，他們會為此不擇手段。對他們來說，像妳們這種自暴自棄，想要玉石俱焚的人最可怕。」

我坐直了身體。

有人跟蹤我，放火燒了公寓，而且還威脅千穗。我一直以為那些人想要攻擊我。

但是，佐原剛才說，他們感到害怕。

「聽我的話，趕快回去京都，忘記所有的事。這麼一來，他們就會收手，不會繼續跟蹤妳，也不會再調查妳的下落。」

我忍不住笑了起來。

如此一來，沙霧用生命留下的訊息和蓮美的名譽都將永遠石沉大海。

「妳到底想要什麼？要錢的話，我可以去籌；如果下跪可以解決問題，我願意下跪。」

我什麼都不想要。

他說的沒錯，我沒有想要保護的事，也沒有所愛的人。他認為正因為這樣，我才會做出玉石俱焚的事，也許真的是這樣。

但是，即使這樣，我仍然想要保護我的尊嚴，即使已經粉碎，我仍然想要撿起來。

這種想法，完全不輸給眼前這個人，還有其他不知名的人想要保護自己心愛的人的想法。

如果想要交易，我只有一個籌碼。

「請你告訴我到底發生了什麼事，如果能夠讓我信服，我就回老家，然後忘記一切。」

他沉默不語。看來他無法做這個交易。

當我回過神時，發現車子來到赤羽附近。

「即使妳不信服，妳也答應會收手嗎？」

「這有點難。」

「妳根本不是那些人的對手。」

「什麼意思？」

他把車子停了下來，那是鐵路旁的路，路上都沒有人。

「他們有錢，也有力量，妳一個人根本對付不了他們，所以妳趕快收手。」

他說的話前後矛盾。既然是我難以對付的人，他們根本不必害怕我。

他抓住了我的手腕。

「我不想傷害妳，大家都不想把事情搞大。」

我看向後方。齋木的車子停在有一段距離的地方。

「我覺得那樣比較好，因為我剛才告訴朋友，焦糖牛奶的佐原先生會來接我。」

他驚訝地鬆開了手。

「我要下車，我朋友的車子在後面。」

他的表情扭曲著。

「妳一定會後悔。」

「我情願後悔，也不想要絕望。」

我打開車門，跳下了車子，跑向齋木的車子。

佐原並沒有追上來。

——根本沒什麼理由，沙霧想要摧毀一切，打擊經紀公司，把正在走紅的妳也推入深淵，然後自殺，和自殺炸彈客差不多。

回到飯店，只剩下一個人時，我思考著佐原的話。

我並沒有完全相信這句話。她的確摧毀了很多東西，她自己和我的立足之處，都被她徹底摧毀了。

但是，她並沒有摧毀一切。

正因為有她無法摧毀的東西，千穗才會遭到威脅，佐原才會這麼著急。

我內心湧起強烈的憤怒。

佐原說，他們有家人和其他想要保護的東西。因為他們有想要保護的東西，所以才威脅千穗、放火燒了我住的公寓嗎？

難道他們認為只要為了自己保護的東西，就可以摧毀我們嗎？

太不公平了。一點都不公平。

如果他們可以輕易摧毀我，沙霧一定也一樣。所以，在被他們摧毀之前，她摧毀了自己。

第二天早晨，我起床洗臉時，電話響了。拿起來一看，是早瀨打來的。

「早安。今天有什麼安排？需要保護妳嗎？」

我和他之間是生意關係，但覺得他關心我的感覺還不壞，好像有人抓著我的手臂，硬是把我拉起來。

即使身心俱疲，蹲在地上，只要能夠站起來，就能夠採取行動。

「九點和公司的人約了吃飯，我搭計程車去應該沒問題……」

佐原應該知道沙霧的死因，但菊池董事長和星野小姐呢？我覺得他們的想法和佐原不一樣。

我們約在普通的餐廳見面，不至於不安全。

「需不需要我陪妳？我也可以等在餐廳門口。」

我想了一下。雖然我可以自己去，但他陪我去更安心。

「那可以麻煩你嗎？我八點半離開飯店。」

「妳自己叫計程車嗎？也可以坐我的車送妳過去。」

這就是才認識不久，卻可以信任對方的感覺。無論是他還是齋木，都從來不要求我相信他們。

但是，他能夠想到我可能會對搭他的車或是他安排的計程車感到不安，雖然感覺很不經意，但這正是他的體貼。

任何人對自己可能遭到懷疑都會感到不高興。

「那我搭你的車，麻煩你了。」

「好，那我會在那之前到。」

我今天打算好好思考那些數字。

掛上電話後，我吐了一口氣。

我好幾次都覺得，也許昨天應該問佐原，但如果他說願意告訴我，卻要我收手，我也不願意。他並不是站在我這一邊的人。

我在房間門口掛了「請勿打擾」的牌子，再度躺在床上。

那三個七位數的數字到底代表什麼意思？

她是為了讓別人破解，才寫下這些數字，所以不可能是任何人都解不開的謎。

我認為這是向不特定多數人發出，希望有人能夠破解的訊息，應該不是需要特別的知識才能找到答案。

1178892　田端。

1086652　城崎。

1547727　安達。

我猜想可能是電話，所以用手機撥打，但都是空號。

難道這些數字是暗號？但如果是用數字代替文字，數字太少了。
我想了很久，漸漸覺得這些數字只是普通的圖案。
我想起自己還沒吃早餐，一看時間，已經十點半了，過了飯店餐廳供應早餐的時間。
也許可以去便利商店買飯糰或麵包。如果血糖值無法升高，會影響思考能力。礦泉水所剩不多了，雖然我並不在意喝自來水，但飯店的自來水太難喝了。
我換了衣服準備外出，梳了頭髮，戴上口罩。
戴墨鏡反而會引人注意。以前問題還不大，現在盡可能不想被別人看到。
搭電梯來到一樓後，我走出了飯店。
這一帶是商業區，街上幾乎都是身穿西裝的男人。女人也沒有過多的裝飾，但儀容都很整潔。
燙得筆挺的襯衫、絲襪，吹整得宜的髮型，街上看不到一個不化妝的女人。
我深刻體會到自己和周遭的環境格格不入。
但是，幾乎沒有人看我。之前電視播出我發胖的樣子時我大吃一驚，很擔心會被人發現，但是，對這些日理萬機的人來說，這種新聞根本不重要。
我和沙霧都漸漸被人遺忘了。
不久之前，我對被人遺忘這件事害怕不已，現在反而覺得是一種救贖。
走進便利商店，把飯糰和速食味噌湯放進購物籃。我想吃甜食，於是走去放糖果的貨架。

心情沮喪時，需要補充糖果或巧克力。之前我有點沮喪時，千穗給我吃了牛奶糖。

貨架上，包裝鮮豔的新商品琳瑯滿目，我被繽紛的色彩嚇到了。

漂亮、可愛、嶄新。

簡直就像半年前的我們。

我在心裡對沙霧說道。除了幾項招牌商品以外，其他的全都換上了新商品，沒有人會想起從貨架上撤走的商品。這點也和我們一樣。

眼前的鮮豔色彩突然讓人心煩，我隨手抓起一包檸檬糖，丟進了購物籃，然後拿了一瓶兩公升的礦泉水，走向收銀臺。

回到飯店，吃了一個飯糰，用熱水壺燒的開水沖了味噌湯。

明天我要離開這家飯店，去其他家飯店。在同一家飯店住太久，被發現的可能性也會增加。

喝完味噌湯和茶之後，從塑膠袋裡拿出糖果時發現，竟然是賽門食品的商品。

雖然是巧合，但心情還是很惡劣。我想起了拍到沙霧的那張照片。

我正想把糖果丟在桌上時，目光被寫在背面的文字吸引了。

117-8892。

那是賽門食品的郵遞區號。我恍然大悟。

我把筆記本拿了過來，比對著數字，和她日記上所寫的數字一模一樣。
我完全沒想到那些數字竟然是郵遞區號。郵遞區號的話，附近一帶的號碼應該都一樣。
我打開電腦，連上網路，搜尋另外兩個號碼。
1086652是一家製紙公司的郵遞區號。1547727是一家貿易公司的郵遞區號。
這不是普通的郵遞區號，而是企業專用的郵遞區號，只有大公司才能申請。
我之前就知道賽門食品的人在沙霧身邊打轉，她應該和那個人有肉體關係。
所以，另外兩家公司的人也是她交際的對象嗎？
我搖了搖頭。
千穗稱之為「晚上的交際」，但那並不是交際，如果我沒猜錯，那是賣淫。
千穗說，她並沒有遭到強迫，而是自己作好了心理準備，但沙霧呢？
我慢慢摸著筆記本上的數字。
如果她心甘情願，會留下這些數字嗎？

早瀨八點半準時來接我。
我坐在副駕駛座上，繫上了安全帶。
「妳一臉神清氣爽的樣子。」
聽到早瀨這麼說，我忍不住苦笑。

「有嗎？」

我並沒有心情舒暢，痛苦也沒有消失，但至少看到了沙霧為什麼痛苦，想要逃避什麼。

也知道她為什麼會留下那些日記。

如果只是在部落格上寫一些無關痛癢的內容，即使能夠保留下來，其他網站也不會討論。那些日記是她傳遞的訊息，也是她的復仇，所以必須寫得聳動。

雖然她無法復活，但我至少知道了她想要做什麼。

我還在猶豫，不知道該怎麼辦。

我該協助她復仇嗎？

還是像佐原說的，應該忘記一切，離開東京？

之前我一直覺得是為了沙霧，也是為了洗刷蓮美的汙名，必須找到真相，但是，沙霧已經點燃了復仇的導火線。

我能做的，只是在周圍澆油而已。即使我不做任何事，火也會漸漸燒光導火線，最終引燃炸藥。

她並不需要我的幫助。

雖然之前很在意蓮美的名譽，現在卻覺得沒那麼重要了。鈴木昭子還活著，而且也會繼續活下去。

我必須為自己的未來考慮，不是蓮美，而是要為昭子考慮。

有很多事要做。要去見父親，還要整理老家，如果房子可以出售，就要趕快脫手。之前以為自己失去了一切，但並沒有連未來也遭到摧毀。

車子來到表參道附近，我口頭說明了餐廳的地點。

「鈴木小姐，請妳先去餐廳，我也會在餐廳內用餐，只是不會進包廂。只要妳叫我，我可以馬上趕到。」

「麻煩你了。」

既然他和我在同一家餐廳，那就安心多了。

我在餐廳門口下了車。早瀨把車開去停車場。

我拿出手機確認了時間。八點五十五分。不會太早，我到的時間剛剛好。

走下通往地下室的階梯，身穿黑色背心和長褲的服務生走上前來。

「我和星野小姐有約。」

「是菊池董事長的包廂吧，請跟我來。」

我跟著服務生走進包廂。

除了菊池董事長和星野小姐，佐原也坐在鋪著白色桌布的圓桌旁。

我拿下口罩，坐了下來。

「不好意思，我來晚了。」

雖然我知道自己沒有遲到，但還是這麼說。

星野小姐看著手錶說：

「下西先生十點會到，妳直接和他談比較好吧。」
這件事有點出乎我的意料。
他來的時候，包廂內的氣氛應該不適合談工作的事。
「可不可以請妳幫我拒絕？我還是不想回演藝圈。」
氣氛緊張起來，只有佐原明顯露出鬆了一口氣的表情。
「為什麼？妳之前不是很有興趣嗎？」
「我考慮之後，還是覺得沒辦法，而且現在的情況和昨天不一樣了。」
菊池董事長一臉厲色地問：
「情況？」
我用力深呼吸。這是遊戲。不能亮太多牌，但也不能過度隱藏。只能亮得剛剛好。
「我不久之前在沙霧的日記中發現，有些照片上寫了數字。」
「什麼數字？」
星野小姐問道，我把放大列印的照片放在她面前。
「這是什麼數字？暗號嗎？」
她的反應並不奇怪。即使有生意往來，通常也很少會記住對方的郵遞區號，也可能和星野小姐沒有關係。
「這是大型營利單位的個別郵遞區號，也就是企業專屬的郵遞區號。分別是賽門食品、騎馬製紙和鷹羽商事這三家公司。」
三個人的表情頓時愣住了。我終於知道，除了佐原以外，菊池董事長和星野小姐也知情。
他們知道沙霧被迫賣淫。
我調查之後，發現沙霧只接拍了賽門食品的廣告，剩下的兩家公司表面上和沙霧並沒有任何關係。
既然這樣，就無法用所謂的「交際」來掩飾。
雖然佐原和菊池董事長的態度不同，但原來菊池董事長也知道。野火已經燒起來了，而一個人想要趕快逃走，另一個人想要多撿一毛錢，這就是這兩個人的不同之處。
「那又怎麼樣？沙霧接拍了賽門食品的廣告……」
星野小姐故作平靜地說。
「有人拍到了賽門食品的專務和沙霧一起出現在飯店大廳的照片，網路上雖然只有遮住眼睛的照片，但還有加工之前，更清楚的版本。」
菊池董事長站了起來。
「妳從哪裡拿到的……！」
「拍照的人寄給我的。」
也許是沙霧請人拍了那張照片。Q太郎可能是沙霧的粉絲，沙霧可能透過Q太郎寫給她的信，和Q太郎取得了聯絡，然後指定了去飯店的時間和地點，拍下了那個瞬間。

「如果我發生意外，那個人會把照片寄給其他人。」

我在說謊，但千穗手上有這張照片，來這裡之前，為了以防萬一，我也寄給了齋木。

只要讓他們知道，並不是只有我才有照片就好。

「那些日記不是都刪除了嗎？」

菊池董事長大聲問星野小姐。

「刪除了，但已經有人備份在其他地方……是海外的伺服器，無法請管理員刪除……」

沒錯。只要是聳動的內容，就會有人備份。一旦在網路上公布，就無法徹底刪除。

沙霧死後，和賣淫有關的人和佐原一樣惶惶不可終日。

不知道什麼時候會有人發現那些數字，和公司名稱連結。也不知道什麼時候會被狗仔發現。既然有公司名稱和姓氏，就可以鎖定特定對象，成為強烈的震撼彈。

佐原說，他有想要保護的東西，那些和賣淫有關的男人也一樣。

正因為如此，他們才會威脅千穗和我，試圖讓我們收手。

正因為他們想要保護的東西很重要，沙霧的復仇才是有效的方法。她已經死了，既不會遭到威脅，也不會受到傷害。

「我很害怕，所以打算回京都。」

這並不是真心話，而是為了保護自己的謊言。

我覺得沙霧的復仇不夠嚴謹。和她相關的所有人都必須受到制裁，為她的死付出代價。

但是，我首先要確保自身的安全，其他的事，可以等以後再慢慢考慮。

服務生進來點餐。我以為會請服務生先離開，沒想到星野小姐打開菜單點菜。

但她可能很慌亂，所以點了五道開胃菜，沒有主菜，也沒點粥品。

我調整呼吸。我能夠察覺這件事，代表內心很鎮定。今天的表現很出色。

服務生離開後，我再度開了口。

「沙霧並不願意，對不對？」

「當然沒有任何一個女生會願意，但如果真的想紅，這點犧牲根本算不了什麼。」

菊池董事長說。

為什麼是他人決定當事人有沒有受到傷害？我感到不解。

之前也曾經有人對我說過好幾次相同的話。

「這點犧牲算不了什麼吧？」

星野小姐露出尷尬的笑容。

「妳不希望她是因為遭到妳的霸凌而自殺，所以努力尋找其他原因，但她當然不可能因為這種原因自殺。」

「為什麼？」

「因為這並不是最近才開始的事。在她走紅之前……她應該也接受了。正因為這樣，才會花很多錢在她身上，她才能夠走紅。」

這些人完全搞不清楚狀況。

他們不瞭解持續也是一種絕望。原本以為只有一次、只要短暫忍耐的事竟然沒有盡頭，這絕對會感到絕望。

我突然發現了一件可怕的事。

如果從她走紅之前就開始，當時她才十五、六歲。

難怪那些想要保護自己重要東西的人拚命想要掩飾，萬一公諸於世，他們將毀於一旦。

但是，我不會指出這件事。我口袋裡的錄音筆正在記錄我們的對話。

「如果妳之前也有這種決心，妳可以更紅。妳不是很想紅嗎？」

即使我很想紅，也該由我決定用什麼來交換，以及交換到什麼程度。

佐原瞪著我。

他之前說，我和沙霧是破壞他平靜生活和溫暖家庭的恐怖分子。

為什麼他們不允許自己重要的東西遭到摧毀，卻可以滿不在乎地摧毀我們的心？

離沙霧身邊最近、常去沙霧家載她的佐原，應該知道沙霧最討厭自己。

正因為他們覺得可以恣意摧毀，所以遭到反擊時，才會怒不可遏。

「算了，只不過是郵遞區號而已，即使被人知道也不會怎麼樣。而且，之前根本沒有人發現，以後也一樣。」

菊池好像在安慰自己。

餐點送了上來。皮蛋豆腐、什錦拼盤、拌海參和棒棒雞。

我站了起來。

「我要說的話說完了，我很害怕，所以要回去了。我不會寫手記，也不會接任何工作。」

「妳不要後悔喔。」

我有一絲失落感。也許繼續留下來，可以抓到某些閃亮的東西。

即使如此，我仍然要離開。比起能夠在這裡抓到的東西，我另有選擇。或許會後悔，但未來並不是有救援點的遊戲。

一旦放棄了某種選擇，就無法看到那種選擇的未來。

走出包廂，我在餐廳內尋找早瀨的身影。

我沒有立刻看到他。正當我東張西望後，看到不遠處有人舉起手。

「這裡、這裡。」

轉頭一看，除了早瀨以外，齋木也在。我一直在找單獨的客人，難怪沒有發現。

我在四人餐桌的空位坐了下來。

早瀨在吃擔擔麵，齋木則在吃海鮮炒麵。我突然感到很餓，向服務生點了什錦炒麵。

「齋木先生，你為什麼也在這裡？」

「我下班了，而且也有點擔心。」

「我沒事啊。」

我又問早瀨：

「等一下就回去了嗎？我想去一個地方……」

「沒問題啊，反正我是妳僱用的。」

「那就麻煩你了。過幾天我要把租的房子退租，到時候也……」

雖然我想應該沒事了，但還是要以防萬一。

「搬家嗎？要不要幫忙？」

齋木喝著啤酒問。

雖然他說是因為擔心才趕過來，但他的態度很鎮定。

「已經沒什麼行李了，所以不用了。」

上次搬家時，已經丟棄了大部分東西，只要把剩下的行李寄回京都。

「妳要離開東京嗎？」

齋木問，我點了點頭。

「真可惜啊，原本還以為偶爾可以見面。」

「如果你來京都，我可以帶你去觀光。」

「好啊，我從高中去了之後，就沒再去過。」

什錦炒麵送了上來，我拿起筷子吃了起來。

「我有一個疑問，就是Q太郎的事。」

Q太郎手上掌握了獨家照片，雖然說在網路上公布後遭到了威脅，但並沒有刪除信箱。

簡直就像等我找到那個信箱。

齋木沉默片刻，然後開了口。

「妳想見Q太郎嗎？」

我驚訝地抬起頭。

「你認識Q太郎？」

他輕輕地點了點頭，然後說了一句我意想不到的話。

「她是我妹妹，只要妳願意，我可以介紹妳們認識。」

晚上來醫院有點可怕。

但是，從夜間出入口走進醫院後，發現不如深夜的辦公大樓那麼可怕。即使走進昏暗的走廊上，有些病房的門縫會透出燈光，也可以感受到人的動靜。

我搭電梯來到青木董事長的病房。

因為時間不多了，所以這麼晚來探視，應該不至於挨罵。

護理站後方亮著燈，但護理師可能去巡房了，所以沒有人。我走過護理站，敲了敲病房的門，然後緩緩推開了門。

病房內並沒有開燈，但路燈從窗外照進來，房間內很亮。老闆閉著眼睛，全身連著儀器，我站在他身旁。

是因為光線昏暗，看不太清楚，所以才覺得他的氣色比昨天好嗎？還是只是我的願望而已？

我輕輕撫摸他的臉頰，發現又冷又乾，完全不像是人的皮膚。

老闆緩緩張開眼睛，瞇眼看著我。

「我不是叫妳不用來了嗎？」

「這一陣子我都會來。」

我已經決定要離開東京，但我還想繼續陪他。如果他只剩一個月，我會和他共度最後的時光。

「妳不必在意我。」

「我不想後悔。」

我已經失去太多重要的人了，所以，至少希望用自己能夠接受的方式說再見。母親去世和沙霧離開時，我都無法向她們道別。

「妳最好回老家。」

「你不必為我擔心，我全都知道了，也在這個基礎上採取了自我保護措施。」

我不再只是受保護的小女孩。

「是喔……」

老闆微微張大了眼睛，露出驚訝的表情。

和以前健康的時候相比，他的表情變化很微小，但我仍然能夠看出來。

我握住他和臉頰一樣冰冷的手。

「謝謝你至今為止為我做的一切。」

「我並沒有做任何值得妳感謝的事，沙霧也變成了那樣。」

我無法在沙霧的事上表達意見，也不認為老闆沒有責任。

但是，就連在沙霧身旁的我，也無法幫上她的忙。

「我不知道菊池在打那些主意，五年前，在我罹患癌症動手術後，他就想要霸占公司。」

「五年前？」

那是我進經紀公司很久之前的事。

「當時，醫生就告訴我沒有辦法根治。雖然接受了放射線和抗癌劑的治療，他可能覺得我來日不多了。雖然事實也是如此。」

他自嘲地笑了笑。

「我後悔莫及。」

「請你不要這麼說，我在這裡，而且活得好好的。雖然要離開這個行業，但世界並沒有對我關上大門。」

「蓮美，妳真堅強。」

我並不堅強，只是受到了保護。

「我猜想……但是……」

「嗯？」

「菊池在等妳的身價飆漲，因為第一個客人和第二次之後的客人，價值完全不同。他可能打算等妳更紅、更出名之後，再讓妳接客。」

「如果我拒絕呢？」

「雖然聽了會很不舒服，但有很多方法，只要用酒或藥把妳灌醉就好。第二次之後，可以用第一次的照片威脅。」

我想要嘔吐，但我知道老闆想要說什麼。

「沙霧試圖讓我的身價暴跌。」

只要因為醜聞接不到工作，身價就會暴跌。這個行業有太多漂亮的女生了。知名的藝人才能以高價進行交易。

不知道是基於友情，還是只是為了向菊池報仇。只有問沙霧才知道。

但如果是友情，比起發生這種事，我更希望她活著。

即使身心會嚴重受創，但都比不上失去她的痛苦。

也許我不瞭解她的絕望，才會這麼說，但是，她也不瞭解我的絕望，不瞭解我突然失去最好的朋友所感受到的絕望。

繼續久留，會讓老闆太疲累。

「我回去了，明天還會再來。」

「妳不必勉強。」

「我已經說了，這是為了我自己。」

明天我要向他打聽他的家人，他離婚的妻子應該還在。

離開病房後，我走去候診室和早瀨他們會合。

他們拿著手機，把頭湊在一起。

「結束了，對不起，耽誤你們時間了。」

「蓮美。」

齋木用緊張的聲音叫了我一聲。

「怎麼了？」

「焦糖牛奶因為集體賣淫的嫌疑遭到警方搜索。」

手機螢幕上正播放著最新的新聞。

隔天，我坐齋木的車子，去他妹妹住的地方。

得知要去他妹妹住的地方，我有點退縮。雖然不是不相信他，但突然要去別人家裡，還是需要一點勇氣。

「不能在外面見面嗎？」

我覺得對他妹妹來說，這樣也會比較輕鬆，所以這麼問道，但他搖了搖頭。

「她身體有嚴重障礙，所以無法出門。」

我張大了眼睛。

「只有臉和右手能夠活動，其他都麻痺了。」

既然這樣，為什麼能夠拍到那張照片？我把這個疑問吞了回去，內心起伏不已。

齋木帶我來到一處集合住宅，他熟門熟路地停好車，請我下車。

每棟房子旁都寫著號碼，如果沒有這些號碼，應該無法找到要去的那一棟房子。

「這裡，我已經告訴她，會帶妳來看她。」

我們搭電梯來到頂樓的六樓。

雖然這裡應該住了很多人，但整區集合住宅好像都很安靜，聽不到小孩子的聲音，也感受不到人的動靜。即使知道是因為非假日白天的關係，仍然有點不安。

齋木用鑰匙打開門，請我進了屋。

玄關旁的房間有一張電動床，有人躺在上面，周圍放了很多醫療儀器。

齋木對著房間說：

「我把她帶來了。」

沒有回答。齋木站在床邊，按了電動床的開關，電動床的上半部分緩緩直立起來。

淡茶色的短髮和纖細的左手臂無力地垂在床上，彎著的脖子也無法動彈。

出現在我眼前的是一張沒有表情的扭曲臉龐，只有右手展現出明確的意志，放在床邊的桌子上。

我立刻認出了她是誰，全身忍不住發抖。

「沙霧……？」

她的眼睛動了一下，發出模糊而沙啞的聲音。

「對……起……」

她對我說對不起。

「妳不需要向我道歉。」

她在我身邊，充滿了不安和絕望，但我竟然沒有察覺。

「我才……對不起。」

我摸著她具有意志的右手，她輕輕回握。淚水忍不住流了下來。

「當她跳樓後被送去醫院時，第一個通知我，所以我決定對外宣稱沙希死了。因為她是這種狀態，所以護理師和醫院也都提供了協助，經紀公司的人根本沒有仔細確認沙希是否死了，只是看了她一眼，倒吸了一口氣，然後就離開了。」

由此可以猜測，她被送去醫院時的狀況多麼嚴重，但是，她還活著，她還活在這個世上。雖然她的手很冰冷，但她的手指緊緊握著我。

「原來你是她哥哥……」

我想起沙霧以前曾經說，她哥哥和她父親同住。

「在這件事發生之前，我們的關係很惡劣，也很少見面。」

齋木露出凝望遠方的眼神。

「葬禮也假裝只有家人參加，拒絕了所有的採訪，只要對醫院相關人員下封口令，就不會曝光。她不會再外出，即使外出，也沒有人知道是她。」

和我一樣。她與世隔絕，暗中計畫復仇。

她是另一位岩窟姬。

「即使這樣，我仍然很慶幸沙希還活著。」

沙希的手指很用力，於是我知道，雖然她無法說話，也無法用表情表達她的感情，但她可以聽到所有的事，也瞭解所有的事。

「我也一樣，我一直在想，如果沙霧活著，不知道該有多好，所以，我現在太高興了。」

她的喉嚨發出了聲音。

「下個月，我媽也會搬來這裡，一家三口要在這裡生活。」

我想起來了。

沙霧的母親很冷靜，她也相信我，那是因為她知道她的女兒還活著。

而且，她還說了一句話。

——我會不顧一切保護她，絕對不會讓沙希變成那樣。

「我也……可以不時來看她嗎？」

齋木搖了搖頭。

「暫時還不行，因為我們不想讓媒體發現，但幾年之後，等大家都忘了她之後，請妳再來看她。」

齋木打開筆電。

「她雖然無法說話，但可以用右手慢慢敲鍵盤，所以可以用電子郵件交談。」

她以Q太郎的身分引導我。因為她知道我的電子郵件信箱，所以她早就知道那是我。

「那我會寫郵件。」

她的手指再度用力。

我突然想起和沙霧之間的談話。

她興致勃勃地看著刊登了我的泳裝照的彩頁。

「妳不要一直盯著看，我會很害羞。」

工作時已經被人看習慣了，但被同行的女生這樣盯著看，還是覺得有點害羞。

「為什麼？很漂亮、很性感啊。」

說完，她把雜誌闔了起來。

「你覺得別人到底希望我們奔放，還是清純？」

當時，我以為她和我討論彩頁上的泳裝照。

在拍彩頁時，要求我們做出極度撩人的姿勢露出笑容，但看粉絲的來信後發現，大部分粉絲很滿意我和男人之間沒有任何緋聞，也有的男生說，他相信我還是處女。

但是，誰都沒有說，希望我不要太暴露。這種工作太奇怪了。

現在我才知道，沙霧當時在說自己的事。

大眾希望她保持清純形象，她卻必須和自己並不喜歡的對象持續發生肉體關係。大人高舉著矛盾，消費我們，然後如棄敝屣。

如果缺乏吞噬這一切的堅強，或許就無法在這個行業生存。

警方從沙霧自殺未遂的半年前就開始著手調查，終於在最近前往焦糖牛奶展開搜索。

不知道別人會如何看待沙霧的行為。如何看待她從公寓一躍而下的潔癖，以及同時埋葬痛恨的人的堅強。

周刊雜誌執拗地揭露焦糖牛奶的行為，卻完全不觸及那些顧客。

大人的世界也許就是這樣。

但是，既然沙霧的日記還在網路上流傳，他們就必須持續感到害怕。

聽說匿名的布告欄上，已經有人發現了那些郵遞區號。

她的目的正一步一步完成。

青木董事長的葬禮在晴朗的天氣舉行。

距離菊池遭到逮捕後不到兩個星期，因為只是家屬參加的小型葬禮，所以並沒有被媒體的記者發現。

只有他的前妻、外甥、外甥的妻兒，還有我和千穗為他送行。

原本我還在猶豫是否該婉拒，但他的外甥說，希望我可以參加，所以我也一起送他最後一程。我打電話給千穗，她說她也會一起參加。

我和千穗向已經變成一罈骨灰的老闆道別後，離開了殯儀館。

哭腫雙眼的千穗說：

「今天的天氣真好。」

我點了點頭。

即使是葬禮的日子，仍然會覺得：「今天的天氣真好。」不光是千穗，我也一樣。

我們就像是代哭的哭孝女般放聲大哭，老闆的家屬反而來安慰我們，但是，我覺得總比沒有人哭好。

「接下來有什麼打算？」

千穗問。我想了一下。

「我想去讀護理師學校，但會不會很辛苦？」

千穗露出錯愕的表情。

「怎麼了？」

「雖然我也很關心妳說的『接下來』，但我問的是眼前的接下來。我想去喝咖啡。」

我噗哧一聲笑了起來。

也許千穗說的「接下來」更重要。

因為如果不先解決眼前的事，就無法看到未來。

□集滿4個印花贈品（二款任選其一）：

A：【推理謎】LOGO皮質燙銀典藏書套一個
（黑色，25開本適用，限量1000個）

B：【推理謎】吉祥物『獨角獸』圖案皮質燙金典藏書套一個
（咖啡色，25開本適用，限量1000個）

□集滿8個印花贈品（二款任選其一）：

C：【推理謎】LOGO皮質燙金證件名片夾一個
（紅色，11.5cm x 8.6cm，限量500個）

D：【推理謎】吉祥物『獨角獸』圖案環保購物袋一個
（米色，不織布材質，41.5cm x 38.6cm，限量1000個）

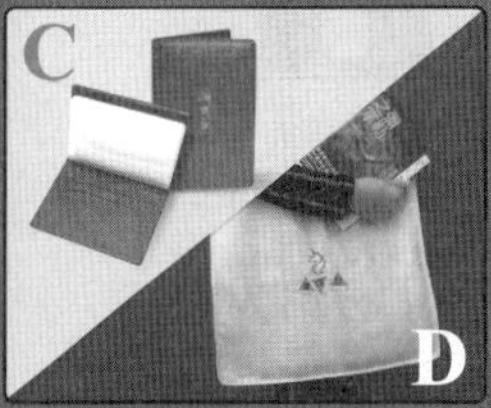

□集滿12個印花贈品（三款任選其一）：

E：【推理謎】LOGO不鏽鋼繩鑰匙圈一個
（限量500個）

F：【推理謎】吉祥物『獨角獸』圖案馬克杯一個
（白色，320cc容量，限量500個）

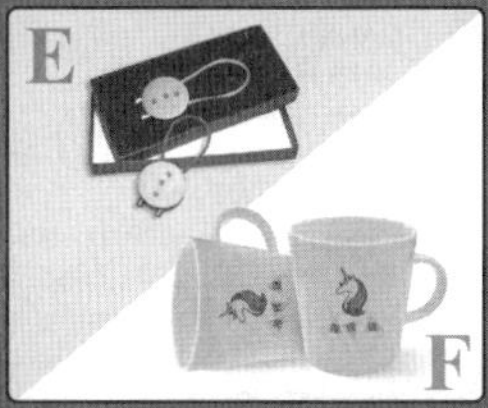

謎人俱樂部會不定期推出最新限量贈品提供兌換，
請密切注意活動官網和粉絲專頁。

【注意事項】
◎本活動僅限台灣地區讀者參加。
◎贈品兌換期限自即日起至2017年12月31日止（以郵戳為憑）。
◎贈品圖片僅供參考，所有贈品應以實物為準。
◎所有贈品數量有限，送完為止。如讀者欲兌換的贈品已送完，皇冠文化集團有權直接改換其他贈品，不另徵求同意和通知。贈品存量將定期在【謎人俱樂部】活動官網上公佈，請讀者在兌換前先行查閱或直接致電:（02）27168888分機114、303讀者服務部確認。
◎皇冠文化集團保留修改或取消謎人俱樂部活動辦法的權利。辦法如有更動，將隨時在【謎人俱樂部】活動官網上公佈。

國家圖書館出版品預行編目資料

岩窟姬／近藤史惠著；王蘊潔譯 .-- 初版 . -- 臺北市：皇冠，2017.03
面；公分 .--(皇冠叢書；第 4606 種)(大賞；95)
譯自：岩窟姫
ISBN 978-957-33-3289-3(平裝)

861.57　　106001897

皇冠叢書第 4606 種
大賞｜095

岩窟姬

岩窟姫

作　　者—近藤史惠
譯　　者—王蘊潔
發 行 人—平雲
出版發行—皇冠文化出版有限公司
台北市敦化北路 120 巷 50 號
電話◎ 02-27168888
郵撥帳號◎ 15261516 號
皇冠出版社（香港）有限公司
香港上環文咸東街 50 號寶恒商業中心
23 樓 2301-3 室
電話◎ 2529-1778　傳真◎ 2527-0904
總 編 輯—龔橞甄
責任主編—許婷婷
責任編輯—蔡承歡
美術設計—王瓊瑤
著作完成日期— 2014 年
初版一刷日期— 2017 年 3 月

法律顧問—王惠光律師

讀者服務傳真專線◎ 02-27150507
電腦編號◎ 506095
ISBN ◎ 978-957-33-3289-3
Printed in Taiwan
本書定價◎新台幣 300 元 / 港幣 100 元

謎人俱樂部贈品兌換卡

我要選擇以下贈品（須符合印花數量）：☐A ☐B ☐C ☐D ☐E ☐F

1	2	3	4
5	6	7	8
9	10	11	12

【個人資料蒐集、利用及處理同意條款】

您所填寫的個人資料，依個人資料保護法之規定，皇冠文化集團將對您的個人資料予以保密，並採取必要之安全措施以免資料外洩。您對於您的個人資料可隨時查詢、補充、更正，並得要求將您的個人資料刪除或停止使用。

本人同意皇冠文化集團得使用以下本人之個人資料建立該集團旗下各事業單位之讀者資料庫，做為寄送出版或活動相關資訊、相關廣告，以及與本人連繫之用。本人並同意皇冠文化集團可依據本人之個人資料做成讀者統計資料，在不涉及揭露本人之個人資料下，皇冠文化集團可就該統計資料進行合法地使用以及公布。

☐同意　☐不同意

我的基本資料

姓名：________________

出生：______年______月______日　性別：☐男 ☐女

職業：☐學生 ☐軍公教 ☐工 ☐商 ☐服務業

☐家管 ☐自由業 ☐其他________________

地址：☐☐☐☐☐________________

電話：（家）________________（公司）________________

手機：________________

e-mail：________________

我對【岩窟姬】的建議：

寄件人：

地址：□□□□□

北區郵政管理局登
記證北台字1648號
免 貼 郵 票

〔限國內讀者使用〕

10547

台北市敦化北路120巷50號

皇冠文化出版有限公司　收